BIBLIOTECA
DE MEDIANOCHE

BIBLIOTECA
DE MEDIANOCHE

Nick Shadow

El último juego

y otros relatos

ANAYA

Título original: *The Midnight Library. End Game*
Relatos escritos por: BEN JEAPES

1.ª edición: septiembre 2009

Publicado por primera vez en Gran Bretaña
por Hodder Children's Books

Juan Ignacio Luca de Tena, 15. 28027 Madrid
www.anayainfantilyjuvenil.com
e-mail: anayainfantilyjuvenil@anaya.es

Diseño de cubierta:
Miguel Ángel Pacheco y Javier Serrano

ISBN: 978-84-667-8465-8
Depósito legal: NA. 1947/2009
Imprime y encuaderna RODESA.
Impreso en España - Printed in Spain

Las normas ortográficas seguidas en este libro
son las establecidas por la Real Academia Española
en su última edición de la *Ortografía*, del año 1999.

Índice

El último juego

El interior del coche estaba insonorizado y una mampara de cristal separaba los asientos delanteros de los traseros. Detrás, los únicos sonidos eran los del juego de Simon: el *bip-bip-bip* al manejar los controles y la fanfarria triunfal cuando otro dragón más mordía el polvo. No oyó el crujido de las ruedas sobre la gravilla cuando el coche subió rápidamente por el camino de acceso a la casa. Sus ojos estaban fijos en la pequeña pantalla de cristal líquido de su miniordenador portátil. Llevaba mucho rato combatiendo, metido en su juego, y empeñado en recordar a tiempo el truco ganador que sugería la página web: el héroe debía desmontar antes de cruzar la entrada, de forma que el dragón no le alcanzara al lanzarse en picado sobre él..., pero, si lo hacía demasiado pronto, el puente se derrumbaba y el caballero se despeñaba, así que tenía que hacerlo en el momento exacto.

El chófer abrió la portezuela y una ráfaga de aire frío le golpeó la mejilla.

—Estamos en casa, señorito Simon.

Simon Down le miró, irritado, y luego miró a la pantalla justo en el instante en que el cuerpo decapitado del héroe se precipitaba al fondo del foso. Le habían distraído precisamente en el peor momento. El dragón se elevó zumbando por los aires con sus garras aferradas a una cabeza que dejaba un reguero digital de goterones de sangre.

—¡Estás despedido! —chilló Simon.

—Lo que usted diga, señorito Simon —contestó el hombre—. La cena será a las siete.

Lo cierto era, pensaba Simon al dirigirse enfurruñado hacia la casa, que en realidad él no tenía autoridad para despedir a nadie. No podía hacer algo así a los doce años. Pero la idea de controlar el mundo que le rodeaba igual que controlaba el mundo de sus ordenadores le resultaba de lo más agradable.

Se detuvo por un momento frente a la puerta y se volvió para mirar atrás. La casa se alzaba sobre las copas de los árboles y desde ella se podía ver toda la ciudad. Allá abajo, pensó Simon, había otras personas. Se mordió el labio. Sus compañeros de colegio estaban allá abajo. Personas con sus vidas. Personas, unas junto a otras.

Era un pensamiento de solitario, pero Simon se había vuelto un experto en dar la vuelta a los pensamientos de solitario y dirigirlos contra sí mismos. Vale, se tendrían unos a otros, se dijo, pero vivían sus vidas apiñados. Restregándose unos contra otros. Tropezando unos con otros constantemente.

Allí arriba, en cambio, él era libre. Por encima de todos ellos, mirándoles a todos desde lo alto.

Una vez, intentó invitar a algunos a su casa. La propuesta partió de su madre. Seguramente lo había leído en algún libro de pedagogía evolutiva: «anime a su hijo a hacer amigos». Pero, a pesar de la descripción que hizo Simon de su enorme televisor y de su extensísima colección de deuvedés y juegos de ordenador, nadie se presentó. Y eso que había exagerado muchísimo; en realidad, no tenía una guarida propia con televisores de pantalla plana en cada pared conectados simultáneamente a una docena de canales diferentes... Pero no, ninguno de ellos había mostrado interés.

«Muy bien, allá ellos», decidió, volviéndose de nuevo hacia la casa. Simon no estaba dispuesto a envidiarlos. Él tenía algo que era mejor que cualquier cosa que ellos pudieran tener. Algo que era, literalmente, mejor que la realidad.

Hola, SIMON. Bienvenido a
juegosquesuperanlarealidad.mundo
[Si no eres SIMON, pulsa aquí]

Las palabras aparecieron en la pantalla en cuanto Simon se instaló frente a su ordenador y accionó el buscador. Había elegido juegosquesuperanlarealidad.mundo como su página de inicio y su casa disponía de la conexión de banda ancha más rápida posible. Solo tenía que abrir el ordenador y allí estaba la página.

El resplandor de la pantalla era la única luz en el cuarto de Simon. Los luminosos rojos, verdes y amarillos se reflejaban a ráfagas en su cara, y sonreía. La página era más fiable que ningún amigo; cálida, incitante, siempre a su disposición.

Había sido una tarde típica: deberes del colegio, juegos en el ordenador, cena, más juegos en el ordenador... Todo ello supervisado por Templeton, el mayordomo, y la señora Solomon, el ama de llaves. Su padre seguía aún en el banco y su madre estaba fuera, trabajando para su organización benéfica. Mas tarde, a las 9.30 en punto, hora de acostarse. Los criados no le reñirían por quedarse levantado, pero sus padres sí lo harían si volvían a casa inesperadamente. Le recordarían algo que habían oído alguna vez a propósito de la hora de acostarse. Y que ellos eran unos buenos padres o algo parecido.

Pero juegosquesuperanlarealidad.mundo era algo con lo que Simon remataba siempre su jornada. Decididamente, sus juegos eran mejores que la realidad; mejores, de hecho, que cualquier otra cosa en su vida. Juegos que le hacían pensar; juegos que no se podían ganar en un pispás, sin ningún problema; juegos que nunca podían jugarse dos veces de la misma forma.

Como siempre, el cursor del ratón se detuvo sobre el vínculo de «juegos personalizados». Lo había abierto antes una sola vez, pero un vistazo a los precios le había hecho cambiar de idea. Si al menos tuvieran una muestra gratuita, o una demostración… pero no, una vez que pasaba más allá de los precios, le pedían los datos de la tarjeta de crédito. Y él no tenía tarjeta de crédito. Además, sabía por experiencia que si usaba las de su madre o su padre, pagaría por ello un precio terrible. Era una forma infalible de atraer su atención, pero tenía serios inconvenientes, como que le confiscaran el ordenador durante una semana.

Dio un suspiro y oyó un golpecito en la puerta. Se abrió una rendija y por ella asomó la cabeza de una mujer. Tenía el pelo largo y moreno y ojos muy espaciados de color avellana, igual que Simon.

Simon dio un respingo.

—¡Mamá!

—Hola, cariño. ¿Todavía levantado? —la señora Down no llegó a entrar en el cuarto—. No te he visto mucho últimamente, ¿verdad? Hala, ahora acuéstate y mañana por la mañana tendremos una buena charla. ¡Buenas noches!

La puerta se cerró antes de que Simon pudiera meter baza.

Volvió al ordenador y salió del programa.

—Una buena charla por la mañana —rezongó para sí—. ¡Seguro!

Sabía que, para cuando él se hubiera levantado, su madre tendría algún problema urgente que resolver y ya se habría marchado al despacho. Su organización benéfica se ocupaba de todo tipo de crisis en cualquier lugar del mundo. Desde los delfines en peligro hasta los huérfanos guatemaltecos. Cualquier cosa que no fuera él.

Apagó la pantalla y la habitación quedó a oscuras.

Algo brillaba a través de los párpados de Simon. Los abrió con curiosidad y escudriñó adormilado el lado opuesto del cuarto. La pantalla volvía a estar encendida y los vivos colores habituales de juegosquesuperanlarealidad.mundo se reflejaban por toda la habitación. Simon frunció el entrecejo. Estaba seguro de que lo había apagado.

Se acurrucó como un ovillo y tiró del edredón hasta taparse la cabeza. De algún modo, la luz seguía penetrando y no conseguía volver a dormirse. Irritado, apartó el edredón de un manotazo. Iba a tener que desconectar de una vez el dichoso chisme, y ahora sacaría el enchufe para asegurarse.

Pero, cuando se acercó al ordenador, lo que vio en la pantalla no era la bienvenida de costumbre.

Hola, SIMON. Por ser uno de nuestros clientes más apreciados, deseamos ofrecerte un JUEGO PERSONALIZADO GRATUITO. Rellena los espacios que aparecen debajo y tu juego personalizado gratuito te será enviado directamente por correo.

—Gratis, ¿eh? —murmuró Simon.

Si algo había aprendido hacía mucho tiempo era que una empresa de éxito nunca le daba a uno nada realmente gratis. Pero seguiría el juego hasta descubrir el truco y luego se retiraría.

Así que se sentó y puso la mano en el ratón.

Lo primero era todo el rollo estadístico. Edad, sexo, ocupación..., en otras palabras, información que iría directamente al departamento de *marketing* para que le pudieran mandar correo basura por los siglos de los siglos. Declaró que era una viuda de ochenta años, empleada, dedicada a la neurocirugía y que ganaba un millón de euros al año.

Luego empezaron las cosas más importantes.

TU JUEGO:

¿Quieres que sea tranquilo o peligroso?

«¡Vamos, por favor!», pensó Simon. Pinchó «peligroso» sin pararse a pensarlo siquiera.

¿Quieres que se desarrolle en tu municipio de residencia, en una ciudad sin identificar o en un mundo fantástico?

El cursor se paseó sobre «mundo fantástico». ¿Un juego en su propia ciudad? ¡Valiente idea!, gruñó Simon para sus adentros. Su ciudad era..., aunque, ahora que lo pensaba, su ciudad era exactamente la clase de sitio al que un juego le vendría bien para darle un poco más de vida. De modo que pinchó la opción «tu municipio de residencia».

¿Quieres que se inspire en la realidad o que sea real como la vida misma?

Simon se puso serio. ¿Cuál era la diferencia? Luego pensó en esos aburridos videojuegos de los salones recreativos en que uno controla a un tipo con monopatín que corre sin descanso por una pista fantástica, o a un justiciero invisible que dispara a mansalva contra criminales y extraterrestres a lo largo de un laberinto interminable. Esos juegos se inspiraban en la realidad, pero les cogías el tranquillo en seguida: en cuanto te dabas cuenta de que en líneas generales eran todos idénticos y se repetían una y otra vez. Por el contrario, si algo había claro en la vida real era que cualquier día podía ser completamente distinto del anterior. Conque Simon llevó al cursor hasta «real como la vida misma» y pinchó.

Al despertarse, ahogó un grito de sorpresa. La luz del sol entraba a raudales por entre las cortinas, y fuera cantaban los pájaros. La pantalla apagada del ordenador le miraba impasible desde el otro lado del cuarto.

La miró con el ceño fruncido. ¡Apagada! Él la había desconectado antes de meterse en la cama, sí, pero, ¿no había vuelto a encenderse de nuevo?, ¿acaso él mismo no había...?

Sacudió la cabeza para aclararse la mente. «¡Pues claro, Simon! ¡Si tu ordenador te ofreció un juego gratuito! ¡Espabila de una vez!».

Y entonces miró el reloj de la mesilla y saltó de la cama, dando un grito. ¡Había dormido casi una hora más de la cuenta!

Simon se duchó, se vistió y metió los libros en la mochila a la velocidad de la luz. Tendría que quedarse sin desayunar. El coche le llevaría al colegio, hasta River Park, pero era tan implacable como el autobús escolar. Saldría a la hora en punto estuviera él listo o no; además de llevar al colegio a Simon, tenía que ir a buscar a su padre a su desayuno cotidiano de trabajo. Y si Simon no estaba a bordo cuando saliera, se iba a meter en un lío muy serio.

Pero había un rito con el que tenía que cumplir por muy tarde que fuera. Encendió el ordenador para ver si tenía algún mensaje.

Hola, SIMON. Tu juego personalizado
está ya en el correo.

Simon dio un paso atrás. ¡Así que era cierto que le habían ofrecido un juego gratuito la noche pasada! Y sin embargo..., le extrañaba no recordar haberlo apagado ni haber vuelto a la cama. Pero ahora no tenía tiempo para pensar en ello con calma. Podía oír ya al coche acercándose por el camino de entrada. Corrió fuera del cuarto, que se quedó desordenado y con la cama sin hacer. Los criados lo recogerían todo cuando él se hubiera ido.

Esa misma tarde, ya en casa, encontró sobre el edredón recién lavado y planchado, un paquete envuelto en papel de embalaje.

Simon dejó en el suelo su mochila del colegio y se apoderó del paquete. Le dio vueltas en sus manos. Era pequeño y cuadrado, del tamaño y peso de un estuche de DVD. Su nombre y dirección aparecían en claras letras mayúsculas escritas a mano. No había señas del remitente ni franqueo postal. ¿Quién podría enviarle a él un paquete a entregar en mano?, se preguntó.

Salió al rellano. Templeton estaba cruzando el vestíbulo y Simon le llamó desde arriba.

—¿Cuándo ha llegado esto?

El mayordomo le miró sorprendido.

—¿Cuándo ha llegado qué, señorito Simon?

Simon levantó el paquete en el aire.

—Esto. Para mí.

Templeton arqueó las cejas.

—Que yo sepa, no han entregado nada para usted, señorito Simon.

Simon sintió la primera punzada de sospecha. Podría jurar que Templeton tenía un diploma que garantizaba su falta de sentido del humor. ¿Sería posible que el mayordomo estuviera tratando de tomarle el pelo?

—¿Ha entrado hoy alguien en mi cuarto? —preguntó.

—El ama de llaves ha hecho su cama, señorito Simon —contestó Templeton—. Pero, aparte de eso, no, nadie.

Simon volvió a su cuarto y miró el paquete. No podía haber aparecido solo, así de pronto, ¿no? Alguien tenía que haberlo dejado allí.

¿Sería posible que ese alguien hubiera conseguido llegar hasta su cuarto sin que nadie del servicio se diera cuenta? ¿O se trataba solo del ama de llaves, que quería gastarle una bromita?

«¡Tú, tranquilo!», se dijo a sí mismo. No tenía sentido ponerse paranoico. Pero que el paquete estaba allí en ese momento era indiscutible...

Rasgó el papel y sacó un DVD en un estuche de plástico. El estuche no tenía etiqueta; solo la palabra «Simon» escrita con un rotulador de tinta negra indeleble. Pero, ¿acaso le pegaba al ama de llaves regalarle deuvedés?

Le costó medio segundo decidir que no, que aquello no podía ser cosa de ella. Si la mujer hasta tenía que pedir ayuda para poner el vídeo, no iba a andar tostando discos en sus ratos libres. Con el corazón acelerado, Simon encendió el ordenador y puso el DVD en la bandeja.

El lector emitió un zumbido al ponerse en marcha y la pantalla se iluminó. De pronto, apareció un mensaje en letras blancas sobre fondo negro. Parecía el texto de un ordenador realmente antiguo, uno de esos con sistema operativo DOS de la época de las máquinas de vapor.

Bienvenido a tu juego, Simon.

«De momento, más bien cutre». Había visto superior calidad gráfica en los juegos de los años ochenta que imitaban a los de los salones recreativos. El mensaje era un texto básico de ordenador que se desplazaba a través de la pantalla.

El saludo de bienvenida se movió hacia arriba y fue sustituído por algo ligeramente más largo.

Controlas las actividades de un criminal peligroso.
El objetivo del juego es causar la máxima devastación posible en la ciudad.

Luego, apareció una descripción de cómo usar los controles. Podría haberla ideado él solito dormido. Perecía tan elemental como lo anterior. Simon bostezó, mientras activaba el *gamepad* conectado detrás del ordenador.

Y entonces se vació la pantalla y Simon se incorporó de golpe: desde el ordenador, la realidad parecía invadir la habitación.

—¡Qué pasada! —dijo conteniendo la respiración.

Estaba viendo la calle principal de la ciudad. Era como si hubiera allí una cámara que estuviera suministrando imágenes en tiempo real a su ordenador. No se movía de un lado a otro, como una webcam, ni era en blanco y negro, como las de circuito cerrado. La pantalla se había llenado de imágenes a todo color de alta resolución. El punto de toma parecía estar a unos cinco metros de altura; Simon podía ver la calle en toda su extensión desde arriba.

Era la hora punta del final de jornada. La calzada estaba atestada de tráfico y las aceras aparecían llenas de gente. Los sonidos que llenaban el cuarto de Simon eran los de última hora de la tarde en la calle mayor.

Lo único que le indicaba que no se trataba de una cámara rodando en vivo era el hombre que había en mitad de la calle, dándole la espalda. Estaba allí plantado, sin importarle el tráfico que pasaba velozmente junto a él a ambos lados. Llevaba unas zapatillas de deporte sucias y viejas, unos vaqueros muy gastados y una camiseta. No se le podía ver la cara; solo la parte de atrás de la cabeza, de pelo rapado muy corto. A la vista de sus anchos hombros y sus gruesos brazos, se diría que era el tipo de individuo que le haría pensar a Simon en cruzar la calle con tal de evitarlo.

Simon dio un toque a su *gamepad* y el hombre avanzó unos cuantos pasos. Presionó a la izquierda y el hombre giró hacia la izquierda. Toda la escena se movía con él, de forma que el tipo siempre daba la espalda a la pantalla. Ahora se encontraba frente a las tiendas.

«No es posible», pensó Simon. «¡No pueden haber digitalizado toda la ciudad en solo unas horas!». Porque ese era el tiempo que había pasado desde que hiciera el pedido: solo unas pocas horas. ¿Tendrían plantillas preparadas de antemano para todas las ciudades posibles? ¿O al menos para las ciudades de todos los clientes de su base de datos? Pero es que además, en la pantalla, justo a la izquierda, aparecía la iglesia con el andamiaje en la fachada. Simon pasaba en el coche todas las mañanas frente a ella, camino del colegio, y sabía que solo hacía dos días que habían colocado el andamiaje. Tenían que haber puesto al día la base de datos a toda prisa. A lo mejor, estaba todo vinculado a algún flujo continuo de información vía satélite.

Fuera lo que fuese, decidió que iba a poner a prueba aquella simulación hasta el límite. Habían hecho tal esfuerzo por que el programa resultara absolutamente real que intentar desentrañarlo le pareció una obligación. Hizo que el hombre trotara por la acera con zancadas elásticas y relajadas. A uno y otro lado, la gente se apartaba de su camino. A veces aparecían personas que Simon conocía: el bibliotecario del colegio, alguien que trabajaba con su padre..., pero en seguida los perdía de vista, a medida que el hombre seguía corriendo.

Con el *gamepad*, Simon hizo al hombre girar a la izquierda, salir de la calle mayor y seguir por el parque, el río y luego, dando un rodeo, volver al centro. El hombre respondía instantáneamente a cada una de sus órdenes, y no había el menor indicio de ruptura entre escena y escena. Era como si todo estuviera sucediendo de verdad en la ciudad real.

El hombre llegó a un cruce y Simon levantó las manos del *gamepad*. Había probado a dirigir al personaje por la ciudad sin rumbo fijo, y quizá fuera ya hora de intentar algún tipo de estrategia. Pero ¿cuál? En la pantalla, el hombre se había detenido, obediente, y estaba esperando su próxima orden.

De pronto, apareció un mensaje en un recuadro. Era el mismo tipo de letra anticuado de antes, negra sobre fondo gris.

Recuerda, CEREBRITO, que estás controlando a un CRIMINAL PELIGROSO. De modo que haz algo PELIGROSO.

—Vale, lamento no estar a la altura... —dijo Simon—. ¿Alguna sugerencia?... ¡Halaaaa!

Como respondiéndole, había aparecido un nuevo mensaje.

¿Por qué no DAR UN ATRACO en algún sitio?
Puedes elegir:

- *el hospital*
- *la fábrica de gas*
- *la panadería*

—¿La panadería? —dijo Simon con desdén—. Claro, claro, no hay criminal peligroso que no atraque una panadería...

Sin embargo, acabó eligiendo la panadería, porque quería experimentar el juego haciendo la elección menos obvia. Además, no tenía nada contra el hospital (podría enfermar algún día) o contra la fábrica de gas (necesitaba sentirse calentito), pero el dueño de la panadería de Bruton Street, a dos calles del colegio de Simon, era harina de otro costal. El hombre exhibía un mal humor permanente y parecía sentir un rencor personal hacia toda la chavalería de la ciudad. «Esto», pensó Simon, «puede ser interesante».

En cuanto hizo su elección, el hombre se puso a correr de nuevo por la ciudad.

—¡Eeeh, vamos, por favor! —protestó Simon.

Había creído que al seleccionar la panadería, la opción trasladaría al hombre allí inmediatamente, como si saltara a otra escena. Pero el inconveniente de aquel juego era que todo parecía suceder en tiempo real, lo que suponía que desplazarse más allá de una corta distancia se le hacía a uno una eternidad. Presionó con fuerza el *gamepad*, pero el hombre continuó corriendo al mismo ritmo. Simon ya se había acostumbrado a controlar todos y cada uno de sus movimientos, y le resultaba extraño tener que mirarle sin poder hacer nada.

El hombre se metió en el gran centro comercial y trotó por él hasta detenerse ante el escaparate de la panadería. Se quedó allí, inmóvil, con las manos caídas junto a los costados mientras, a través de la luna de cristal, miraba los estantes de rejilla llenos de panecillos y pasteles. Seguía volviendo la espalda a Simon, y su reflejo en la luna era demasiado oscuro para que Simon pudiera identificar ninguno de sus rasgos.

—¡Hola! —le llamó Simon—. ¡Holaaa! ¿Va usted a algún sitio?

El hombre se limitó a seguir de pie, quieto, hasta que Simon probó a presionar el *gamepad* hacia delante. Entonces dio un par de pasos.

—¡Sí señor! —dijo Simon, satisfecho.

El hombre volvía a estar bajo control. Simon le hizo entrar en la tienda y echar una mirada a fondo. Había estantes llenos de hogazas de pan, bizcochos, bollos, pastas, y un mostrador con encimera de cristal en el que estaba la caja. Parecía exactamente igual a como era en realidad.

—Esto es flipante —murmuró Simon.

Había pensado que los que habían diseñado el juego quizá hubieran obtenido las imágenes a partir de tomas de satélite, pero, ¿qué satélite es capaz de entrar en una tienda?

El dueño de la panadería estaba detrás del mostrador. Era de edad madura y pelo oscuro, más bien gordo y con un gesto agrio inalterable. Lo mismo que el interior de la tienda, parecía idéntico a su versión real.

—¿Puedo servirle en algo? —preguntó el panadero.

Los altavoces de Simon eran tan buenos que la voz del tendero sonaba como si estuviera con él en la habitación. Incluso hablaba con el mismo tono que usaba siempre, y que indicaba que solo estaba aparentando que el cliente le agradaba.

—Pues sí. Voy a destrozar el local —dijo Simon alegremente a la pantalla—, pero antes me quedaré con todo su dinero, porque soy un peligroso criminal.

Estudió los botones del *gamepad*. ¿Habría alguno para hacer hablar al hombre. Aparentemente no. Dio por sentado que el hombre no podía hablar, así que se limitó a hacerle rodear el mostrador en dirección a la caja.

—¡Eh! —el panadero dio un paso al frente y dio un empujón en el pecho al hombre—. ¡Apártese!

Hasta ese momento, lo único que Simon le había ordenado era correr. ¿Cómo contraatacar? Impulsivamente, presionó el botón rojo del *gamepad* (el mismo que pulsaría si aquello fuera un juego bélico y quisiera disparar un arma cualquiera). El hombre de la pantalla puso una mano sobre el pecho del panadero y le empujó con fuerza. El panadero retrocedió tambaleándose y se estrelló contra un aparador de cristal. Los altavoces del ordenador reprodujeron con toda fidelidad el angustioso estrépito de cristales rotos. El panadero se acurrucó sobre los fragmentos desparramados por el suelo y miró fijamente a su agresor con expresión aterrorizada.

El hombre seguía allí plantado y, en vista de que Simon se había olvidado de enviarle más órdenes, se volvió. Simon miró la pantalla aturdido, con un gesto de absoluta incredulidad.

—¡Qué bárbaro! —musitó.

Estaba acostumbrado a los juegos de combate en que unos superhéroes inverosímiles se arrojaban unos a otros por los aires como si fueran almohadas. Pero en esto último había habido algo real. La forma en que el hombre se había preparado, la fuerza de su empujón, parecían genuinas, como si un ser humano de carne y hueso hubiera agredido a otro.

Simon se estremeció y volvió a la realidad. «¡Vamos, ponte las pilas!», se dijo a sí mismo. Por muy buenas que fueran, las imágenes solo eran bits en una tarjeta de memoria. Nada más. Y aquello todavía no había terminado.

Simon hizo correr a su hombre hacia la caja, que se abrió con un chaca-chinnn, y vació en sus bolsillos todo el dinero que contenía. Pero, justo antes de hacerle dar la vuelta para salir, otra nota apareció en la pantalla.

¿No quieres producir más destrozos? Recuerda que este es un CRIMINAL PELIGROSO.

«¿Más destrozos? ¡Por qué no!», pensó Simon. Al fin y al cabo, aquello solo era un juego.

El hombre estaba de pie, junto a una estantería. Simon volvió a pulsar el botón rojo y el hombre se agarró a los estantes y dio un empujón hacia arriba. Una cascada de artículos de bollería se desparramó por el suelo entre nubes de harina. Experimentando un poco más, Simon se dio cuenta de que el botón rojo bastaba para hacer que el hombre funcionara en «modo de demolición». Si estaba cerca del panadero, le golpeaba; si estaba cerca de algo frágil, lo rompía.

Simon le hizo recorrer toda la tienda derribando más estantes, dando patadas al mostrador de cristal y arrancando los interruptores de la luz. Luego, vio que había una puerta detrás del mostrador. Usando el *gamepad*, dirigió al hombre hacia ella e hizo que la abriera de un tirón. Comunicaba con una habitación revestida de azulejos e iluminada con tubos de luz fluorescente. A lo largo de una pared estaba instalado un gran horno de panadería de acero inoxidable. La puerta que lo abría era de metal y vidrio, y encima había una hilera de diales e interruptores de control. Un pequeño mensaje apareció en el ángulo superior derecho de la pantalla.

Mueve el cursor sobre los distintos artículos
para conocer su valor.

Simon deslizó el cursor sobre el horno.

Horno de panadería. Seis meses de funcionamiento.
Valor de venta: 5000 €

¡Qué bárbaro! Casi costaba tanto como la tele de su padre.

¡Simon, este puede ser un AUTÉNTICO destrozo!

Simon pulsó de nuevo el botón rojo, pero esta vez el hombre se quedó quieto.

Usa la silla para la destrucción total.

¿La silla? Simon hizo que el hombre mirara a su alrededor. Había una silla de armazón metálica en un rincón, de modo que movió al hombre hacia ella. Haciendo más pruebas, vio que el hombre la agarraba al usar el botón verde. Luego volvió al botón rojo. El hombre levantó la silla en el aire con las dos manos y la arrojó violentamente contra el horno. Un estruendo metálico ensordecedor hizo vibrar los altavoces. En la pantalla, los diales del horno se hicieron añicos y algunos de los interruptores de control se desprendieron. Simon siguió golpeando el horno una y otra vez hasta que la silla se convirtió en un amasijo de tubos retorcidos y el horno quedó tan mellado y abollado que parecía haber salido de un choque de trenes.

Temblando y resollando agitado, como si estuviera produciendo los destrozos él mismo, Simon hizo pasar al hombre al cuarto de al lado. Era evidente que el panadero lo usaba como despacho. El hombre puso el escritorio patas arriba y descargó una lluvia de patadas contra los archivadores, dejando nítidas huellas de zapatillas de deporte en cada uno de los cajones. Había un ordenador sobre el escritorio, así que lo agarró, lo estampó contra las baldosas del suelo y tiró la mesa encima. Por último, arrojó la silla por la ventana.

Simon pudo oír el sonido lejano de una sirena de la policía. Se dio cuenta de que procedía de su ordenador.

Vienen los polis. Más vale largarse. Resultado:

- *te has llevado* 788 €
- *has destrozado por valor de* 7093 €

Puntos totales: 7881

Quieres:

- *¿gastar el dinero?*
- *¿esconder el dinero?*

Simon reflexionó. «¿En qué puede uno gastarse 788 euros?». No era gran cosa, comparado con lo que ya tenía en su dormitorio. No, lo ahorraría y compraría algo realmente impresionante. Si en aquel juego había algún tipo de tienda virtual, quizá pudiera comprarle al hombre algún tipo de blindaje o un arma...

Decidió esperar. Así que seleccionó «esconder el dinero».

Inmediatamente, el hombre echó a correr de nuevo y salió por la puerta trasera de la tienda. Parecía saber con toda precisión dónde quería ocultar el dinero. Igual que antes, ahora que tenía señalado un destino, no había forma de controlarlo. Lo malo era que Simon no sabía cuál era ese destino. ¿Y si se proponía esconder sus ganancias en un sitio absurdo? Aquél tipo no podía conocer su ciudad mejor que él. Ni soñarlo. Simon gritó y golpeó airadamente el *gamepad*, pero el hombre siguió corriendo y Simon, frustrado, tuvo que limitarse a observarlo.

En la pantalla, el hombre avanzaba por la calle mayor, alejándose del centro. Simon se preguntaba a dónde iría. ¿Tendría acaso un escondite o una base secreta?

El hombre continuó su carrera. Simon, de brazos cruzados, redactó mentalmente el informe de usuario que pensaba remitir a juegosquesuperanlarealidad.mundo: «Componentes gráficos estupendos, acción de un realismo increíble, pero elemento de tiempo real ¡INSOPORTABLE!».

El hombre había llegado al polígono industrial que había en los suburbios y no daba señales de detenerse.

Por lo visto, quien hubiera diseñado el juego había decidido que esconder el dinero suponía abandonar la ciudad en toda regla. En la pantalla, la ruta que seguía el hombre empezaba a empinarse y a curvarse. Simon la conocía de memoria. Era la misma que seguía él mismo todos los días para ir al colegio y volver a casa. Si pudiera hacer que el hombre se detuviera y se volviera, podría ver la ciudad entera extendiéndose a sus pies. Pero el hombre seguía su marcha, dejando la ciudad más y más atrás. ¿Abarcaría el mapa incorporado al juego todo el camino, hasta la cumbre de la colina? ¿Incluiría también, allí en lo alto, una mansión digitalizada, con un minúsculo Simon sentado en un cuarto del piso de arriba ante un ordenador todavía más minúsculo?

Pero más allá de los campos, entre la ciudad y lo alto de la colina, estaba la arboleda. Tiempo atrás, el bosque había cubierto todo el monte. Ahora era solo una franja de árboles cerca de la cima, una barrera que aislaba la casa de Simon del resto de la ciudad. El hombre entró en la arboleda y, por primera vez, salió de la carretera. Simon tuvo una nueva oportunidad de admirar la calidad gráfica del juego, la forma en que el sol del ocaso proyectaba abanicos de luz dorada por entre las ramas.

Unos cien metros en el interior de la arboleda, el hombre se detuvo frente a un roble en cuya corteza había talladas unas iniciales. Por un momento, Simon se preguntó quiénes habrían sido JV y ZD. El hombre se arrodilló para limpiar de musgo un espacio entre dos raíces y depositó el dinero en él. Luego lo cubrió de nuevo con musgo y dejó una piña encima como señal.

Simon miró el reloj de la mesilla y dio un salto. Eran las ocho y media. ¡Había estado jugando a aquella cosa durante las últimas cuatro horas! Y, seguramente, la mayor parte de ellas las había pasado viendo a aquel hombre correr de un lado a otro en tiempo real... Tenía hambre (los criados debían de haberle llamado a cenar, pero no los había oído) y sentía sequedad y escozor en los ojos.

Volvió a mirar al juego y se mordió los labios. No quería dejarlo ahora, justo cuando estaba empezando a cogerle el tranquillo. El problema era que, si volvía a mandar al hombre a la ciudad, tendría que quedarse otra hora sentado mientras el tipo bajaba de la colina.

La pantalla se oscurecía, a tono con la luz de la hora del día. Simon pulsó más controles para ver si había algún tipo de función que facilitara la visión nocturna. Aparentemente no la había.

El juego decidió por él. El hombre volvió a la carretera y echó a andar cuesta abajo, de vuelta a la ciudad. Un mensaje apareció en la pantalla.

Esto es todo por hoy, Simon. Esperamos que te haya abierto el apetito. Hasta mañana.

La pantalla quedó en blanco y el ordenador expulsó el disco automáticamente con un ronroneo mecánico.

—¡Vaya juego! —dijo Simon, respirando hondo.

Extrajo despacio el disco de la bandeja y volvió a meterlo en su estuche. Luego desconectó el ordenador. El juego aquel tenía sus fallos, pero, a pesar de todo, era la cosa más genial que había visto nunca. Nunca jamás.

Alguien chocó con él, dejándole sin aliento. Simon trastabilló contra la pared.

—¡Eh, Down! ¡Mira por donde vas!

La realidad volvió a invadirle como una oleada.

Durante la mayor parte de la mañana, Simon había estado distraído, pensando en el juego. Ahora regresaba sobresaltado a su entorno real. Estaba en el colegio, caminando por el pasillo principal que se había convertido en una masa de uniformes escolares y cháchara ruidosa moviéndose atrapada en el breve intervalo entre clase y clase. Pero a pesar de estar atestado de colegiales que se apresuraban en todas direcciones, la mayor parte de ellos conseguían no tropezar unos con otros.

Excepto Mat Frost. Un chico alto, rubio y guapo que Simon detestaba. Normalmente, se le daba bien evitar a Mat Frost, pero hoy había estado demasiado abstraído pensando en el juego y en lo que haría con él esa noche.

Los dos chicos se apartaron el uno del otro. Simon despacio y con cuidado, Mat de mala gana. Mat sonrió y sostuvo la mirada de Simon hasta que consiguió que este mirara a otro lado. Simon se dirigió a su taquilla y rebuscó la llave en el bolsillo, intentando que pareciera que aquello era lo que había querido hacer desde el principio. Sabía por experiencia que si Mat Frost decidía meterse con él, el resto del día podría ser insoportable.

Pero a Mat le distrajo un grito que llegó del vestíbulo.

—¡Eh, Frost! ¿Vienes a las tiendas durante el recreo? —Era Tom Mansbridge, el mejor amigo de Mat.

—¿Estás de broma? —dijo Mat—. ¿Es que no lo has oído? Hay barreras de la policía por todas partes.

—¡Venga ya!

Simon aún andaba a vueltas con la llave de su taquilla, pero no pudo evitar oírlo. Se quedó quieto y escuchó.

—¡Ayer hubo un atraco muy serio en la panadería! Al tipo le zurraron de mala manera —dijo Mat.

—¡No me digas! —repuso Tom.

—Pues sí. Vaciaron la caja y destrozaron la tienda. Al hombre hubo que darle puntos...

Se fue reuniendo un pequeño grupo para comentar la agresión y, para su sorpresa, Simon sintió que sus pies le llevaban hacia él. Se situó en la periferia del grupo. A nadie pareció importarle. Se acercó un poco más. Un par de chicos le abrieron paso mientras seguían pendientes de Mat.

Uno de los más pequeños (rechoncho, con algunos granos, justo el tipo que Mat hubiera considerado un blanco perfecto) metió baza:

—¡Espero que pesquen a ese tipo, de verdad! —soltó de sopetón—. ¡No hay derecho!

Mat solo le miró. Ni comentario sarcástico ni insulto insidioso.

—Pues sí —asintió—. No hay derecho.

Aquello bastó. Si aceptaban a aquel crío, decidió Simon, también podían aceptarle a él. Sabía que todo aquel asunto de la panadería tenía que ser una monumental coincidencia, ¡pero cómo se quedarían y qué interés mostrarían si supieran a qué había estado jugando él la noche pasada!

Se rio un poco más alto de la cuenta, intentando bromear:

—Sí señor, ¡ya no volverá a darme de menos en el cambio!

Fue como pinchar una burbuja. El buen talante del grupo se desvaneció y algunas miradas hostiles se dirigieron hacia él. La cara empezó a arderle.

Mat le miró con desprecio.

—¿Otra de tus ocurrencias, Down?

Los chicos empezaron a dispersarse y Mat desvió su atención de Simon para dirigirse a Tom.

—Nos encontramos en el lago después de clase, ¿vale? A ver si podemos juntarnos unos cuantos.

—Claro, Frosty. Suena bien.

Simon hizo un último esfuerzo.

—Eso es. Allí nos vemos.

Mat se volvió de nuevo hacia él.

—Lo siento, Down. El lago es coto vedado para pringados.

Y él y Tom se fueron por el pasillo riendo y dejaron a Simon plantado, solo y con los puños en los costados.

Simon sobrevivió como pudo el resto del día. Mat Frost nunca estuvo lejos de su mente. Con lo cerca que había estado de formar parte del grupo… Y pensar que tenía en casa algo que dejaría la popularidad de Mat a la altura del barro. Si pudiera encontrar la forma de que la gente se enterase, el popular sería él. Él sería con quien todos querrían juntarse.

Mat el alto. Mat el guapo. Mat el popular. Mat, que no sería nadie si su padre no fuera un vendedor de coches.

Frost padre tenía un concesionario de automóviles muy exclusivos; coches deportivos de alta gama que podían costar el sueldo de un director de banco e incluso más. Mat siempre estaba hablando de los espectaculares modelos que tenía que probar su padre, normalmente con Mat en el asiento del copiloto.

«¿Y de que les sirven esos coches espectaculares a unos chicos de colegio?», pensaba amargamente Simon. «¡Ninguno de nosotros sabe conducir! Y sin embargo, todos saben jugar a juegos de ordenador, ver películas... Un montón de cosas que podrían hacer si se tomaran la molestia de juntarse conmigo».

Aquel viernes por la tarde pareció que, con las campanadas de fin de las clases, se abrían las puertas de una prisión. El patio de recreo se llenó de críos que se arremolinaban esperando a que les recogieran o a subir al autobús, o pedaleando en las bicicletas recuperadas de las perchas que había detrás del pabellón de deportes. Como siempre, a Simon le esperaba el coche justo delante de la entrada. Cerró la portezuela y con ello suprimió casi todo el ruido exterior. A continuación, sacó su consola Game Boy y la encendió. El coche arrancó.

—¿Un buen día de colegio, señorito Simon? —preguntó el chófer, sin mirarle.

—Normal —rezongó Simon.

Miró a la pequeña pantalla de la Game Boy y arrugó la nariz. Servía para pasar el tiempo, pero era cosa de niños comparado con el juego que le esperaba en casa.

El coche salió de la ciudad.

—Supongo que estará ya preparándose para los exámenes, señorito Simon —dijo animadamente el chófer—. ¿Tiene muchos deberes?

Simon se hundió un poco más en los cojines del asiento y no le hizo caso. En todo caso, la Game Boy era mejor que nada. Empezó a jugar con ella sin demasiado entusiasmo.

El viaje en coche, colina arriba desde la ciudad hasta su casa, solía durar quince minutos. La ciudad quedó atrás y la carretera se empinó por la ladera y llegó hasta los árboles…

¡Los árboles!

—¡Eh! —se incorporó de golpe, olvidándose de la Game Boy—. ¡Para! ¡Para aquí!

El chófer volvió un poco la cabeza.

—Pero señorito Simon, usted sabe que su padre insiste en que le lleve a casa sin detenernos…

—¡Tú haz lo que te digo! —gritó Simon—. O si no… si no, vendré aquí de todos modos.

Estaban justo en la linde inferior de la arboleda, muy cerca de la cima de la colina. No tardaría mucho con la bici.

—De acuerdo, no se preocupe —dijo suavemente el chófer.

El coche aminoró la marcha y se apartó hacia la cuneta.

Simon salió a trompicones, casi antes de que el coche se hubiera detenido del todo. Pero, por un momento, se quedó inmóvil mirando a los árboles. No estaba seguro de querer seguir adelante. Había atracado la panadería y dado una paliza al panadero... en un juego. Y al mismo tiempo, algo alucinantemente idéntico había ocurrido en la vida real. Tenía que ser una coincidencia.

Pero, ¿y si no lo era?

—¿Quiere que vaya con usted, señorito Simon? —le llamó el chófer, pero Simon apenas le oyó.

Echó a andar.

Podría ser una coincidencia que ocurrieran las mismas cosas en la realidad y en su juego. Pero era impensable que el ladrón real hubiera escondido el dinero robado en el mismo sitio que el personaje del juego de Simon... Eso ya sería demasiada coincidencia. Así que miraría junto el árbol bajo el que había enterrado el dinero el hombre del ordenador y, al comprobar que el dinero no estaba allí, confirmaría de una vez por todas que solo se trataba de un juego.

Sin embargo, Simon tenía que admitir que, en su fuero interno, algo le hacía esperar que lo imposible fuera cierto. ¡Sería fantástico! ¡Poseer un juego que manipulaba la realidad!

La arboleda estaba en silencio, sin más ruido que el susurro del viento en las hojas. Simon se dio cuenta de que su respiración era agitada. Reconoció la sensación. Era la misma que sentía cuando Mat Frost se metía con él. Era miedo.

¿Miedo a que el dinero no estuviera allí? ¿O miedo a que estuviera? No estaba seguro.

Sus pisadas hacían crujir las hojas del suelo, mientras sus ojos, abiertos al máximo, buscaban el árbol. El de las iniciales talladas en la corteza.

Y allí estaba. El árbol. JV y ZD. Simon, reacio de pronto a ir más allá, acortó el paso. Pero se obligó a sí mismo a seguir. Se arrodilló al pie del árbol y estuvo a punto de dar un alarido cuando vio lo que había junto a la base del tronco.

Entre las raíces, una piña descansaba sobre una capa de musgo.

Simon tuvo la sensación de que se observaba a sí mismo desde muy lejos de allí. Apartó el musgo y un billete de banco húmedo crujió bajo sus dedos.

El dinero no había sido envuelto en nada, y estaba sucio tras pasar la noche en el sotobosque. Simon sabía ya cuánto sería, pero lo contó de todos modos. Billetes mezclados de veinte, de diez y de cinco, además de un puñado de monedas. 788 €.

Simon se sentó pesadamente en el suelo con el dinero entre los pies.

—¡Dios mío! —dijo—. ¡Dios mío!

Los pensamientos se le arremolinaban en la cabeza. El juego era real y él era un ladrón, pero era fantástico y controlaba a un criminal violento, y podía llegar a ser tan popular si conseguía manejar bien el asunto…, además no tenía por qué hacer daño a nadie, aunque ya lo había hecho, pero había sido antes de saberlo todo, y Mat Frost se pondría malo de envidia y lo único que tenía que hacer era planearlo bien y…

… y la verdad es que podía hacer lo que le diera la gana.

Simon recogió el dinero y se puso en pie. Luego echó a andar hacia el coche, despacio al principio, pero más rápido a medida que se iban concretando sus pensamientos y sus planes. Para cuando llegó al coche, ya había ideado por completo una nueva estrategia.

—Vuelve a la ciudad —le dijo al chófer.

El monitor más grande que Simon pudo conseguir por 788 € tenía una pantalla plana de treinta y dos pulgadas y un acabado plateado y negro. Ocupaba la mayor parte de su mesa de trabajo; solo le dejaba sitio para el teclado, el ratón y el *gamepad*. Conectó el último cable y dio un paso atrás para admirarlo. Tenía una pinta estupenda, sí señor. Y, hasta cierto punto, parecía lo apropiado. Era como dar las gracias al ordenador, para empezar, por haberle ayudado a conseguir el dinero.

Una brisa fresca entró por la ventana abierta. El eco lejano de unas notas musicales llegó a sus oídos y Simon se acercó hasta las cortinas. Venía del lago, donde Mat, Tom y todos sus amigos estaban pasando la tarde juntos. Simon, mientras tanto, estaba en casa... solo, como de costumbre. De pronto, el nuevo monitor no le pareció tan estupendo... Pero apartó de sí aquel pensamiento. Tenía que seguir adelante con el plan que se le había ocurrido en la arboleda. Sonaba como si tuvieran organizada una fiesta allá abajo. El tipo de fiesta que merecía la pena aguarles.

—¿Simon? —dijo una voz tras él.

Dio un respingo.

—¡Mamá!

La señora Down entró en el cuarto. Le sonrió, y Simon, confiando en aparentar serenidad, le devolvió la sonrisa. No le sorprendió que no se fijara en el monitor nuevo, pero tampoco le importó. Era la primera vez en muchos días que no se limitaba a asomar la cabeza por detrás de la puerta.

—Hola, cariño. A lo mejor podrías echarme una mano…

—¡Ah! ¡Muy bien! —dijo Simon.

Eran solo las seis y media. Mat y los demás aún estarían en el lago durante horas y si ayudar a su madre servía para que no volviera luego a ver qué hacía, la cosa valía la pena. Quería garantizar totalmente su intimidad para llevar a cabo lo que tenía en la cabeza.

Poco a poco, la pila de sobres iba creciendo a su lado y Simon ya había perdido la cuenta de la cantidad de hojas de papel que había ido metiendo en ellos. Miró a su madre amargamente a través de la mesa mientras recibía de ella un nuevo folleto. Un doblez, otro más, al sobre… Y otro folleto. Un doblez, otro más… Por eso había querido su madre pasar un rato con él. No por su conversación. No porque fuera su hijo. Solo porque era mano de obra barata.

Su madre le miró y sonrió.

—No sabes cuánto te agradezco esto, cariño. Despachar el correo así supone una auténtica ayuda para la organización.

—Pues vale —rezongó él— ... un doblez, otro más...—. Pero, a ver, ¿esto para qué es?

—¿Recuerdas el Fondo Especial para las Aves Acuáticas? —dijo ella—. Conseguimos reintroducir...

—Ya, ya —gruñó él, interrumpiéndola.

Solo había preguntado por cortesía, y sí, se acordaba del Fondo Especial. La ciudad estuvo orgullosa tiempo atrás de una especie única de ave acuática que había vivido en el lago hasta llegar casi a extinguirse cuando todavía los padres de Simon eran niños. Hacía un par de años se había dado suelta en una zona protegida, cerca del puerto deportivo, a unos cuantos polluelos criados en cautividad, y ahora la pequeña comunidad prosperaba felizmente en su hábitat natural. El colegio de Simon había recaudado fondos para colaborar. El hecho de que la madre de Simon estuviera a cargo del proyecto le había proporcionado a Mat Frost más munición que nunca para su guerra contra Simon.

—Casi hemos terminado —dijo ella, sujetando en la mano un fajo de etiquetas impresas por ordenador—. Luego solo nos queda poner una de estas en cada uno de los sobres...

Simon se puso en pie de golpe.

—Lo siento, mamá. ¡Hay deberes que hacer! —y subió las escaleras de dos en dos como un rayo, antes de que su madre pudiera protestar.

Su cuarto estaba frío. No había vuelto a subir para cerrar la ventana. Dirigió una última mirada hacia el lago, donde resonaba el zumbido lejano de un ritmo de bajo. Luego cerró la ventana y volvió al ordenador.

—¿Qué...?

El ordenador emitía un suave resplandor. No recordaba haberlo puesto en marcha antes de irse con su madre al piso de abajo. La pantalla del nuevo monitor seguía oscura, pero unas letras de color rojo-sangre estaban dibujándose solas en el campo visual con una resolución tan nítida como el filo de una navaja.

¿Listo para jugar?

Simon se sentó lentamente frente a la pantalla. Claro que estaba dispuesto a jugar. De hecho, ahora que lo pensaba, se moría de ganas de jugar.

Pulsó: «Sí».

La pantalla se despejó y mostró al hombre, de pie en medio del parque.

Podemos ir:

- *al cine*
- *al*

Simon no quería esperar a más opciones. Sabía muy bien adónde quería ir. Tecleó «LAGO» con mayúsculas y pulsó «Entrar».

OK.

El hombre de la pantalla echó a correr y Simon cogió el *gamepad*.

Soltó un exabrupto al recordar la pega más seria del juego. Todo sucedía en tiempo real, e iba a tardar siglos en llegar hasta el lago desde el parque. Sacudió el *gamepad*, intentando que el ordenador cambiara de idea, pero el programa parecía inmutable. Simon dio un gemido y se echó atrás en su silla. Todo lo que podía hacer era ver correr al hombre.

La luz del día iba cayendo; fuera, al otro lado de la ventana, y también en la pantalla del ordenador. Se encendieron las luces de las calles. Para cuando el hombre llegó al lago, la oscuridad ya era casi total. Atravesó el aparcamiento vacío. La puerta de la verja de tela metálica que rodeaba el puerto deportivo estaba cerrada con llave. Las luces de la sede social del club estaban apagadas y algunas lanchas neumáticas se balanceaban silenciosamente junto a los pantalanes. Una ligera brisa soplaba sobre el agua y la agitaba en rizos con copetes blancos.

Simon hizo que el hombre mirase a su alrededor. ¿Dónde se habían metido todos? No pensaba hacerles daño…, solo quería unirse a la fiesta. Y de una forma que nunca olvidarían.

No hubo forma. Simon puso los altavoces al máximo, pero solo pudo oír el viento en los árboles y el paso de algún que otro coche a lo lejos. El hombre había tardado tanto en llegar allí que el grupo del jolgorio se había marchado. Furioso, Simon dio un puñetazo en la mesa que hizo estremecerse al monitor. ¿Por qué no podía el estúpido hombre de aquel estúpido juego haber iniciado el episodio en el puerto deportivo, antes de que desapareciera todo el mundo?

Se esconden de ti.

Simon no estaba seguro de si el mensaje venía del ordenador o si había aparecido de pronto en su imaginación, pero sintió como la rabia crecía en su interior. ¿Escondidos? ¿De él? ¿Cómo era posible? ¿Cómo se atrevían?

Lanzó al hombre a correr a lo largo de la orilla, mirando a derecha e izquierda, pero no había señales de nadie, ni tampoco sonido alguno. Por último, Simon le hizo correr de vuelta al puerto deportivo, el único lugar en que podría esconderse alguien. En el aparcamiento había luces, pero no en el puerto. Tras la verja de tela metálica solo había sombras y oscuridad.

—¡Vamos! —gritó Simon—. ¡Salid si os atrevéis!

El hombre trepó por la verja en unos segundos y se dejó caer al otro lado.

Simon aguzó la vista en la pantalla. Tenía el mismo problema que al acabar el juego el día anterior. Estaba oscuro fuera, y casi no podía ver nada.

—¡Encuéntralos! —dijo con voz sibilante al hombre—. ¡Encuéntralos!

Pero Simon no había tocado el *gamepad* y el hombre, naturalmente, no hizo nada.

—¡Ya estoy harto de este estúpido juego! —aulló Simon—. ¡Justo cuando estás mejor, vas y me haces esto! ¿Qué sentido tiene?

Y, como contestándole, un texto blanco apareció sobre el oscuro fondo de la pantalla.

Qué quieres hacer:

* *enfurruñarte*
* *irte a la cama con un vaso de leche y un besito de mamá*
* *desmadrarte*

—No te hagas el listo conmigo —murmuró Simon—. Conque desmadrarme, ¿eh?

Seleccionó esta última opción y pulsó. La pantalla siguió negra; no podía ver al hombre en la oscuridad. Tras una pausa, oyó débilmente por los altavoces un ruido de cristales rotos. Luego, algo duro que se rompía. Luego, algo...

Pero seguía siendo de noche y él seguía sin poder ver nada. Apagó el monitor con un golpe rápido y furioso de su dedo índice.

Simon estaba sentado en clase, casi en trance, con la sangre que le rugía en los oídos. La profesora hablaba, pero su voz sonaba apagada y muy, muy lejana.

Recorrió una vez más la secuencia de los hechos de la noche anterior. Había seleccionado «desmadrarse». Pero estaba demasiado oscuro para ver nada y había apagado el monitor. Luego, había llegado la mañana y se había levantado de la cama (aunque no podía recordar haberse metido en ella). Y a continuación, había puesto la tele y conectado el canal local de noticias.

El reportero estaba en el lago, de pie en el embarcadero. La cámara recorría los cascos deshechos y los fragmentos de los botes, medio hundidos en el agua. Con voz grave, el reportero describía cómo alguien había destruido las embarcaciones durante la noche. Todos ellos habían sido hundidos y las ventanas del club social habían quedado hechas añicos.

Pero no era aquello lo que había impulsado a Simon a pulsar apresuradamente el botón de apagado del mando a distancia. Disculpándose por las perturbadoras imágenes, el reportero había dirigido la cámara hacia las cercanas aves acuáticas. El remo de uno de los botes yacía junto a un nido. La pala estaba cubierta de plumas sanguinolentas. La comunidad entera había sido exterminada solo unos meses después de que Eleanor Down la hubiera salvado de la extinción, explicaba el reportero sombrío. La cámara se había paseado despacio sobre los pequeños cuerpos, lacerados e indefensos, y al fin, Simon había pulsado el botón de apagado con tanta fuerza que se había dejado una pequeña hendidura marcada en el dedo gordo.

Luego, había visto que el ordenador estaba encendido. Un texto en blanco brillaba en la pantalla vacía.

Eso lo hiciste tú.

—¡Yo no fui! —había dicho Simon ásperamente—. Fue él.

¿Pero acaso no lo controlas tú?

Simon había atravesado de un salto casi la mitad del cuarto.

—¡Pues claro que lo controlo yo!

Entonces la culpa es tuya...

—¡Fue un accidente! —había gritado—. Yo no sabía en qué iba a consistir en realidad lo de «desmadrarse». Y no va a volver a ocurrir. A partir de ahora le diré exactamente lo que debe hacer. ¡Muy exactamente!

—Exactamente —murmuró Simon de nuevo, esta vez para su coleto y ya sentado en clase.

—¿Decías algo, Simon? —dijo la profesora.

Simon volvió sobresaltado a la realidad y, sin querer, tiró al suelo su caja de lápices. Los lápices rebotaron por todas partes. Sus compañeros de clase, incluso los que normalmente le dejaban en paz, rompieron a reír. Pero, en ese momento, aquella era la última de sus preocupaciones.

Simon pasó la mayor parte del día tratando de olvidarse del ataque al puerto deportivo, y casi lo consiguió.

—¡Eh, Down!

Simon dio un gemido. Frost le había localizado cuando salía ya por la puerta, camino de casa.

Mat se acercó por el pasillo con una sonrisa malévola en la cara. Con él venía su habitual cortejo de seguidores.

—Siento que no pudieras apuntarte a lo de anoche, Downy, pero estamos bien, gracias, ya que lo preguntas. Lo pasamos genial.

—Cuánto lo siento —rezongó Simon, sin pensar en lo que estaba diciendo.

La cara de Mat se ensombreció.

—Oye, Downy, ¿cuál es tu problema? Suponía que te alegrarías de que no nos atacara el loco del hacha.

Simon sabía perfectamente que no habían corrido ningún peligro por culpa del loco del hacha. Se habían ido todos antes de que llegara. El hecho de no poder decírselo a nadie le hacía hervir por dentro.

La cara de Mat se iluminó como si se le hubiera ocurrido una gran idea.

—¡Claro! Eran los pajaritos de mamaíta, ¿verdad? —exclamó—. ¡Oooh! ¿Ha llorado mamaíta al oír la noticia?

Simon dio un paso hacia Mat.

—Retira eso —dijo en un susurro —, o si no...

—¿Si no qué, pringado? —dijo Mat, frunciendo el ceño.

Displicentemente, puso una mano sobre el hombro de Simon y empezó a caminar hacia adelante. Simon trató de liberarse, pero Mat era más grande y más fuerte y se limitó a empujarlo contra la pared. Simon miró impotente al corro de admiradores que seguía a Mat. Ni uno de ellos le dijo a Mat que lo dejara. Ninguno hizo nada por ayudarle. Algunos empezaron a reírse de Simon cuando se retorció, intentando liberarse. La rabia le quemaba por dentro. Se estaban riendo de él, que controlaba al hombre más peligroso de la ciudad...

Mat se inclinó hacia delante hasta que las caras de ambos estuvieron muy cerca. En sus fríos ojos no había el más leve rasgo de humor. Simon se esforzó por mantenerle la mirada mientras se imaginaba a su hombre machacando su cara. Para su sorpresa, se sintió sonreír.

Mat torció la boca.

—La verdad es que das lástima, Down —masculló.

Luego soltó a Simon de una sacudida y se fue. Simon sintió cómo una capa de hielo iba envolviéndole el corazón mientras trataba de localizar el coche que le esperaba fuera.

FROST MOTORS. El rótulo que campeaba sobre los locales del concesionario era exactamente igual al que había en la vida real. En el patio de entrada estaban aparcados en fila una serie de coches relucientes: un par de Porsches, un Ferrari, un Maserati y un Aston Martin de época.

El hacha del hombre retumbó sobre el capó del Ferrari. La extrajo del metal mellado de un tirón y la descargó sobre el parabrisas, que estalló en mil fragmentos minúsculos. La alarma del coche aulló repetidamente mientras el hombre se colocó a un costado y se puso a blandir el hacha contra los neumáticos. A Simon le gustó comprobar que cada movimiento que realizaba respondía a su manejo de los mandos del *gamepad*. El hombre hacía lo que se le ordenaba.

Simon controlaba la situación.

—¡Eh! —dijo alguien por el altavoz.

Vendedores y mecánicos habían empezado a salir en tropel de la tienda principal. Se abalanzaron sobre el hombre y lo apartaron del coche a tirones. Simon usó el *gamepad* para deshacerse de ellos. Se aseguró de que el hombre, en vez del hacha, utilizara el bate de béisbol que llevaba consigo. Era un arma contundente, pero no mortífera. El personal de la tienda retrocedió, aterrorizado.

Simon los ignoró y dirigió al hombre hacia el coche siguiente. Rompió la ventanilla y, a través de ella, se apoderó del freno de mano.

Un momento... ¡Simon no le había ordenado semejante cosa! Sacudió el *joypad*, irritado.

—¡No! ¡Espera!

El hombre desbloqueó el freno de mano, arrimó el hombro al costado del coche y empujó. El coche rodó hacia delante, primero despacio, pero luego fue cogiendo velocidad a medida que se deslizaba fuera del patio de entrada y salía a la calle mayor. El tráfico tuvo que virar bruscamente y las bocinas sonaron atronadoras mientras el coche rodaba hasta detenerse.

—¡Espere un momento!

El grito procedía del exterior del encuadre. El hombre se volvió lentamente hasta enfrentarse a Matthew Frost padre, que salía de estampía de su oficina. El señor Frost se dirigió hacia el hombre y le hundió un dedo en el pecho. En la pantalla, el hombre se estremeció ligeramente y luego se quedó inmóvil.

—La policía está en camino —bramó el señor Frost— y va a ir usted directamente a la cárcel.

El hombre alzó las manos y rodeó con ellas el cuello del señor Frost.

—¡No!

Simon ahogó un grito. Destruir, sí. Pero ¿matar? ¡No! Agarró el *gamepad*, pero, como sacudido por una especie de aguijonazo de energía, volvió a soltarlo de un manotazo. Durante un momento fugaz, llegó a estar convencido de que él, Simon, estaba allí. En aquel patio de entrada, disfrutando de lo que había hecho. Y de lo que estaba a punto de hacer.

En la pantalla, el señor Frost exhaló un horrible gorgoteo y su cuerpo quedó fláccido.

Simon dio un grito de terror y plantó un dedo en la tecla de apagado del monitor. No produjo ningún efecto; la imagen siguió allí. Simon se hincó de rodillas y revolvió debajo de la mesa, buscando a tientas los cables de conexión. Sus dedos se cerraron sobre ellos y los desenchufó de un tirón. El ordenador quedó en silencio, y Simon, tras darse un coscorrón con la mesa al incorporarse, volvió a ponerse trabajosamente en pie.

Volvió a dejarse caer en la silla, temblando. No podía apartar los ojos del monitor, aterrado ante la posibilidad de que volviera a conectarse de nuevo (a pesar de que su mano todavía agarraba con fuerza el enchufe). ¿Habría detenido el juego o seguiría su curso en algún rincón del ciberespacio? ¿Estaría su hombre asesinando aún al padre de Mat?

«¿Pero no consiste precisamente en eso?», le dijo una vocecita en el fondo de su mente. «Quien asesina al señor Frost es ese hombre. Tú no le has obligado a hacerlo».

—No —murmuró Simon—. Yo no lo he hecho.

Él no había seleccionado una opción «asesinar» ni había controlado las acciones del hombre. Él solo lo había llevado allí para que destrozara el local. ¿Qué culpa tenía él de que aquel sujeto se hubiera puesto a actuar por su cuenta?

Explorar tal razonamiento era una especie de placer culpable, como tocarse un diente doloroso con la lengua. Tocarlo con mucho cuidado, sentir una punzada, retirar la lengua rápidamente… y luego volver a probar. Cada vez resultaba más soportable.

Simon lo sentía mucho por el señor Frost, claro. Aunque, bien pensado, ¿quién, en su sano juicio, se enfrentaría a un tipo semejante? En realidad, él se lo había buscado. Era como echar la culpa a un coche por matar a alguien que se le plantara delante. Había cosas que eran inevitables, sencillamente. ¿De qué otra forma podía haber terminado el encontronazo? El señor Frost debería haber dejado en paz al hombre. Y punto.

Además, ¿había estado Simon en el teatro del crimen? No. ¿Había dejado en él una sola huella dactilar o una muestra de ADN? Pues claro que no. Nunca se le podría acusar de nada relacionado con aquello.

Y encima sabía algo que no sabía Mat Frost. ¿Dónde estaría ahora Mat? ¿Viendo la tele? ¿Por ahí con sus amigos? Pasándolo bomba, como siempre, sin importarle a quién hacía daño de paso. Mientras, él, Simon, sabía lo que le había sucedido a su padre.

La sensación de horror ya había quedado atrás, sustituida por una calma inquietante. Simon se arrodilló para volver a enchufar el ordenador y luego volvió a su silla, a esperar a que el ronroneo de la máquina la devolviera a la vida.

No le sorprendió no tener que volver a pinchar el juego. La pantalla mostró inmediatamente el patio de entrada de Frost Motors y el cuerpo inmóvil que yacía en él y que los médicos del servicio de urgencias trataban de reanimar. La toma procedía de un punto más bajo que antes y estaba medio tapada por un camión de reparto. El hombre estaba agachado al otro lado de la calle, frente a la tienda de coches. Simon dedujo que debía de estar escondiéndose de la policía.

Sin hacer ruido, volvió a desconectar la máquina y se enfrascó en sus deberes del colegio.

—Ayer por la tarde mataron al padre de Mat Frost.

Ni un solo ruido rompió el silencio de la asamblea que se convocó a la mañana siguiente. El director del colegio dio la noticia en tono solemne y con un temblor casi imperceptible en la voz. Simon tenía fija la mirada en su cara.

—Al parecer, un vándalo atacó el local de su empresa concesionaria de coches y asesinó al señor Frost cuando trató de defenderse.

El director hizo una pausa y bebió un sorbo de agua para aclararse la garganta.

—Como es natural, Mat no vendrá hoy, pero el señor Frost era un gran amigo de este colegio, de modo que guardaremos un minuto de silencio en su memoria.

Disuelta la asamblea, los estudiantes volvieron a sus clases. En los pasillos, el parloteo era en voz baja. La costumbre hizo que Simon mirara de reojo a cualquiera que se le acercaba, pero no era necesario. Sin Mat, nadie estaba dispuesto a iniciar la persecución habitual.

Simon sonrió. ¡Sin Mat! Podía caminar por el pasillo sin que Mat estuviera allí para hacer comentarios insidiosos. Podía concentrarse en clase sin que Mat le disparara pelotillas de papel mascado. Podía levantar la mano para contestar una pregunta sin oír a nadie murmurar: «pringado».

La vida sin Mat merecía muchísimo la pena.

La guinda del pastel llegó en el recreo, cuando escuchó a varios chicos comentar el asesinato. Tom Mansbridge estaba perorando frente a la pandilla de incondicionales de siempre.

—Lo primero, va el tío y hace papilla los Porsches, luego…

—El Ferrari —intervino Simon, sin pensarlo—. Primero, se cargó el Ferrari.

Todos los ojos se volvieron hacia él.

—Ya, y seguro que tú estabas allí de testigo presencial… —le espetó Tom.

Simon le miró sin bajar la vista.

—Destrozó el capó del Ferrari con un hacha —dijo con voz fría y sosegada— y luego se puso a rajarle los neumáticos.

—Pues sí. Eso es lo que yo he oído —comentó alguien.

Aquel fue el visto bueno para atraer la atención general. Los rostros se volvieron hacia Simon, llenos de interés, y Tom se quedó plantado como una roca en la playa al retirarse las olas.

—¿Y qué más pasó? —preguntó otro, y Simon se puso sin más a describir los hechos que había presenciado.

Un rincón de su mente se desperezó y se estiró como un gato al sol. Si en su vida hubiera, pensó, un contador digital que registrara el número de amigos que tenía, había pasado de cero a dos dígitos en cosa de segundos.

—¿Y cómo sabes tú todo eso? —preguntó Tom con suspicacia, y la mentira consiguiente salió con tanta facilidad de la boca de Simon como si fuera la pura verdad.

—Tengo acceso a un canal fabuloso de televisión por cable —dijo—. Te da todas las noticias antes que las principales emisoras. También podría contaros algunas cosas sobre el puerto deportivo…

—Sí, eso, ¿qué pasó allí?

—¿Pudiste llegar a ver al sujeto que lo hizo?

Tom cruzó los brazos.

—Eso es. Cuéntanoslo, Down.

En ese momento, Simon deseó no haber abierto la boca. No había visto nada en el puerto deportivo. Todo había sucedido en la oscuridad.

—Bueno, pues… —empezó a decir.

Tom le dedicó una sonrisa malévola.

—Sigue…

—Bueno, pues el tipo… agarró… pues… —Simon discurrió con todas sus fuerzas; ¿cómo habría hecho pedazos las embarcaciones aquel hombre? Había matado los pájaros con un remo, pero, ¿cómo habría causado tales destrozos en los botes? Luego, recordó el arma que el hombre había utilizado en Frost Motors— … un hacha, claro —dijo—. ¡Eso es! Agarró un hacha y la emprendió a hachazos con los botes…

—La policía ha dicho esta mañana en la radio que era una cañería de hierro —dijo Tom, mirando fijamente a Simon—. La encontraron entre los matorrales.

—Yo, pu-pues… —tartamudeó Simon— eso es, quería decir una cañería…, pero bueno, eso no importa…

—¿Viste la cañería? ¿En tu canal de televisión por cable?

—Pues sí… —mintió furiosamente Simon—. Era…

—¿Cómo era de larga?

—Venga, vale ya —protestó alguien—. Deja que nos lo cuente.

Simon separó las manos cerca de un metro una de otra.

—Más o menos así de larga, y luego…

—¿De qué color era?

Simon puso los ojos en blanco.

—Gris.

—¿Entonces es seguro que no era un hacha?

—¡No, no lo era! —gritó Simon.

—Pues al parecer sí era un hacha —dijo Tom, satisfecho—. Un hacha roja grande, antiincendios, que había en el local del club. Eso es lo que encontraron entre los matorrales.

Simon le miró sin pestañear y sintió cómo el respeto del grupo se disipaba.

—Pe-pero... la cañería... —balbució.

—Lo de la cañería me lo he inventado —le dijo Tom—. Igual que tú. Vamos chicos. Dejémosle en su pequeño mundo. Y tú sigue lejos del nuestro, ¿de acuerdo, Down?

Tom se alejó sin mirar atrás y, poco a poco, el grupo que rodeaba a Simon se disolvió. Algunos se volvieron a mirarle; unos con hostilidad, otros simplemente con aire ofendido.

—No tiene gracia, Simon —masculló uno de ellos.

Otro le dio un empujón a mala idea, como solía hacer Mat. Diez segundos después, Simon estaba solo en medio del pasillo, sintiendo que la cara le ardía. Y el contador de amigos había vuelto a ponerse a cero.

La cara le seguía ardiendo mientras el coche le alejaba del colegio. ¡Había estado diciendo la verdad! ¿No era irónico aquello? Hasta que el listillo de Tom le preguntó por lo del puerto deportivo, les había estado describiendo todo exactamente como sucedió. Lo injusto de la situación le producía ganas de gritar. Les había proporcionado lo que querían, y aún así le rechazaban. No le aceptaban si decía la verdad. No le aceptaban si mentía. Sencillamente, no le aceptaban.

«Dejémosle en su pequeño mundo». Eso había dicho Tom. Bien, pues podían haber formado parte de ese mundo si hubieran querido. Podían haber sido sus amigos. Les hubiera dejado entrar en su vida si se lo hubieran pedido. Y en cambio...

«Y tú sigue lejos del nuestro, ¿de acuerdo, Down?». De ningún modo. ¡De ningún modo! Simon iba a enviar a ese mundo un mensaje que no serían capaces de ignorar.

Entró en su cuarto, tiró su mochila encima de la cama y se volvió confiado hacia su ordenador.

TE HE ECHADO DE MENOS, rezaban las letras en la pantalla. *¡BIENVENIDO DE NUEVO!*

—¡A jugar! —dijo sonriendo.

El helicóptero se precipitó hacia el suelo con el motor soltando una nube de humo mientras el rugido del rotor atronaba por los altavoces del ordenador. Chocó contra el lateral de las oficinas del ayuntamiento y explotó, formando una gran bola de llamas anaranjadas.

Un sordo bum llegó por la ventana de Simon, mezclado con los alaridos de sirenas que habían sido el continuo ruido de fondo durante la mayor parte de los últimos dos días.

El hombre estaba en lo alto de la torre de apartamentos y bajó el cañón del rifle. Simon sonrió satisfecho. El helicóptero de tráfico había estado rondando sobre la ciudad, molestándole con su zumbido de enorme insecto y metiendo las narices donde no debía. Y había decidido tomar cartas en el asunto personalmente (Simon y el hombre eran ya prácticamente una misma cosa).

A pesar de todo, Simon sentía que le debía algo al helicóptero. Todo lo que podía ver en la pantalla era lo que veía su hombre. Y el último informe del helicóptero a la emisora de radio local había sido un útil sumario de todas sus actividades hasta ese momento, durante «el fin de semana en que la anarquía y la destrucción se apoderaron de la ciudad», como lo había descrito el tipo del servicio de noticias.

El edificio del ayuntamiento estaba ardiendo. De las ventanas de uno de los grandes almacenes comerciales salían nubes de humo negro. Los locales de la biblioteca municipal parecían un horno que lanzaba hojas carbonizadas de papel negro que revoloteaban en las espirales de aire caliente. El colegio de Simon era solo un esqueleto en ascuas.

Curiosamente, no todo ello era obra de aquel individuo. La violencia se engendraba a sí misma. Simon había sido ingenioso. Había provocado disturbios al hacer que el hombre atacara a unos hinchas que volvían a casa después de un partido de fútbol. Y, justo antes de derribar el helicóptero, había soltado a los presos del ala de máxima seguridad de la cárcel. Todo ello se sumaba al desbarajuste.

Los habitantes de la ciudad habían visto lo que se les venía encima y todas las carreteras de salida estaban atascadas de vehículos que huían. Pero tampoco les servía de mucho, porque el hombre había bloqueado las principales rutas con camiones robados.

El ordenador ya no ofrecía sugerencias. Todas habían sido ideas de Simon. No parecían importar las medidas que tomara la gente allá abajo, en la ciudad. Si cerraban las puertas con candados, su hombre podía abrirlas. Si le hacían frente, podía pelear y derrotarlos. El hombre era imparable.

Simon era imparable.

¡Se iban a enterar! Nadie olvidaría aquello durante mucho tiempo.

Algo en el fondo de su conciencia le decía que estaba muerto de hambre, cansado y maloliente. No había comido ni dormido, ni se había lavado durante dos días. Había pasado todo el fin de semana allí, frente al ordenador, orquestando la ola de crímenes.

Y, mientras una pequeña porción de su conciencia gritaba horrorizada ante las cosas que estaba haciendo, el resto de su mente se exaltaba con el triunfo. Todo aquello le parecía bien. Le parecía necesario. Tenía muy claro que lo que estaba perpetrando anidaba oculto en las profundidades del corazón de todo ser humano. Lo único que él había hecho era liberarlo.

La puerta de su cuarto se abrió por primera vez en dos días. Normalmente, los criados se limitaban a llamar con los nudillos y se marchaban si no había respuesta. Los más osados asomaban la cabeza hasta que les daba un grito. Pero esta vez...

—¿Simon?

—¡Ah! Hola, papá.

El padre de Simon no se metió mucho en el cuarto. Simon cobró una vaga conciencia de que alguien alto se había hecho presente en algún punto situado a su espalda (de todos modos, eso era más menos todo lo que percibía de su padre en el mejor de los casos). No movió los ojos de la pantalla, pero bajó el sonido de los altavoces. Estaba haciendo correr al hombre por Church Avenue en dirección al museo. ¿Cómo no se le había ocurrido antes? El museo estaba atiborrado de cosas importantes y caras.

Su padre arrugó la nariz.

—¿No puedes abrir la ventana? Apesta aquí dentro.

—Lo que tú digas —repuso Simon.

El hombre había llegado a las puertas acristaladas de la entrada. El museo estaba cerrado y habían reforzado las cerraduras con candados para protegerlo de los saqueadores. El hombre se apoderó de una papelera urbana y la lanzó contra las puertas.

—Me necesitan en el banco. Alguien tiene que tranquilizar al personal de seguridad. Les ha entrado el pánico. No te preocupes. No nos pasará nada...

«Vale, vale», pensó Simon, casi sin escuchar. «Vete ya».

—El coche está blindado y el chófer ha estado en uno de esos cursos avanzados de...

—Ya, ya.

Fuera, en el rellano, se oyó el murmullo de una voz de mujer.

—Ah, y mamá viene conmigo —dijo su padre—. Pero, como te digo, no nos pasará nada. Volveremos en seguida; solo será entrar y salir, no te preocupes.

—Bien —musitó Simon, sin quitar los ojos de la pantalla.

El señor Down miró por encima del hombro de Simon.

—¡Dios mío! ¿A qué estás jugando? —se le oyó tragar saliva—. Te prometo que, en cuanto termine todo esto, haremos muchas más cosas juntos. ¿De acuerdo?

Puso una mano sobre el hombro de su hijo. Simon se la quitó de encima con una sacudida. Su padre suspiró.

—No me gusta dejarte, pero aquí estás mejor que ahí abajo, en la ciudad. Hasta luego, Simon.

Simon se inclinó hacia delante para volver a subir el sonido. En la pantalla, el hombre había cogido una pequeña escultura de piedra de la colección de arte romano y la estaba usando como una maza para hacer pedazos los demás objetos. Un guarda de seguridad corrió hacia él y el hombre le golpeó con la estatua. El guarda se desplomó y quedó en el suelo, inmóvil.

A continuación, el hombre se dirigió a la siguiente sección del museo: «Armas Medievales».

Has producido:

31593476 € de destrozos.

«No esta mal», pensó Simon. El hombre trotó fuera del museo, escalinata abajo, y Simon se echó hacia atrás en su silla y se estiró. Sintió un clic en el espinazo. Apretó dos dedos y los chasqueó. ¡Ah, qué bien se sentía!

Eh, Simon, ¿y ahora qué?
¿Por qué no golpear donde realmente duele?

Simon frunció el ceño. Era la primera vez, desde hacía muchas horas, que el ordenador hacía una sugerencia. ¿Qué quería decir con eso de «golpear donde realmente duele»? ¿Acaso no había causado ya destrozos por valor de más de treinta millones de euros? Eso tenía que doler…

Un vago recuerdo comenzó a materializarse en su memoria. ¿No habían estado su madre y su padre allí hacía un momento? ¿Qué había dicho su padre? Algo sobre…

Algo sobre ir a la ciudad.

Sobre ir al banco.

«¡Bobo!». Simon se dio una palmada en la frente. ¿Cómo podía ser tan lento? ¡Asaltar el banco, el lugar que era para su padre la razón de vivir! ¡Sí señor! Eso les enseñaría a su madre y a su padre que él era más importante de lo que pensaban. ¡Y si se llevaba todo el dinero del banco, la puntuación sería superdescomunal!

—Muy bien —dijo—. ¡A por el banco!

Inmediatamente, el hombre de la pantalla emprendió su familiar carrera de largas zancadas. Para entonces, Simon ya se había acostumbrado a ella. Una vez que tenía un destino en la cabeza, el hombre iba derecho hacia él. Era aburrido, pero...

Simon se enderezó, sobresaltado. ¡No había usado el *gamepad* para seleccionar el destino! Tampoco tenía sistema alguno de reconocimiento de voz en el equipo... ¿Cómo había podido reaccionar el ordenador a lo que él había dicho?

Accionó el *gamepad* y trató de detener al hombre, pero el hombre siguió corriendo. Una pandilla de matones que estaba saqueando una tienda de televisores se apartó para dejarle pasar. Siguió ante el ayuntamiento en llamas y saltó para correr ahora sobre los techos de una fila de coches atascados. Se dirigía hacia la plaza en que se encontraba el banco.

De pronto, el hombre saltó de los techos de los coches y corrió hacia un vehículo que circulaba al otro lado de la calle. Lo alcanzó y lo detuvo con facilidad. Abrió de un tirón la puerta del conductor y lo sacó violentamente de detrás del volante. El conductor se puso a protestar, pero el hombre de Simon le golpeó con los puños en el estómago y en la cara. El otro se dobló de dolor y cayó de rodillas. Entonces el hombre se introdujo en el vehículo abandonado y pisó el acelerador a fondo. Los neumáticos chirriaron y el coche salió disparado hacia adelante.

Ya no había forma de controlar al hombre con el *gamepad*. Era como ver una película…, pero una película que Simon sabía que era real.

Peatones asustados se apartaban de su camino arrojándose al suelo. Una mujer se movió con excesiva lentitud y una aleta la enganchó y la lanzó por los aires. La imagen de la pantalla era ahora lo que se veía ante el parabrisas. El coche dio un brusco viraje que hizo a Simon agarrarse con fuerza al borde de su mesa.

El vehículo aceleró calle abajo, por el carril contrario, en dirección a la plaza. Un gran automóvil negro, una limusina, apareció al fondo. Estaba muy cerca del bordillo, lo que indicaba que apenas se movía. Algo empezó a agitarse en la cabeza de Simon. La limusina le resultaba familiar.

El coche robado giró hacia la limusina, aumentando su velocidad. Simon profirió un grito de alarma. Pero, naturalmente, nadie podía oírle. Con un chirrido de metales aplastados, el coche se estrelló contra el costado de la limusina. El parabrisas del coche de Simon se desintegró y Simon miró por el hueco, horrorizado.

Se abrió una puerta de la limusina y una figura salió de ella, tambaleándose.

—¡Papá! —gritó Simon a la pantalla—. ¡Cuidado!

El hombre dio marcha atrás con el coche y volvió a lanzarlo de nuevo hacia delante.

Simon dio un alarido.

—¡NO!

Su padre quedó atrapado entre el parachoques del coche robado y el costado de la limusina. Una tonelada de metal se le había venido encima. El hombre volvió a dar marcha atrás y el cuerpo deshecho y exánime del señor Down se desplomó en el suelo.

En aquella fracción de segundo, Simon volvió a ser un chico normal. Una mirada a su padre muerto le hizo prescindir inmediatamente, como si no hubieran existido nunca, de todo el odio, la cólera y la frustración que eran el motor de aquel juego. Sintió que el estómago se le revolvía y tuvo que taparse la boca con la mano. Pero no pudo apartar los ojos de la pantalla.

Llegó a atisbar dentro de la limusina una forma borrosa, aturdida y que apenas se movía, y supo que era su madre.

El coche arremetió de nuevo contra la limusina, y esta vez el hombre siguió pisando el pedal. La limusina empezó a desplazarse de costado, saltó sobre la acera y se arrastró sobre ella cada vez a mayor velocidad hasta que chocó contra un muro. En ese momento una chispa debió prender en el depósito de gasolina. La explosión del combustible sonó como un gran reventón y una bola de fuego brotó del interior destrozado del vehículo. Grandes llamaradas de color naranja lamieron ávidamente el parabrisas.

Simon se apartó del ordenador.

—No —musitó—. Solo es un juego. ¡TIENE QUE SERLO! ¡Solo es un juego! —chilló.

Probaría con el canal de noticias de la tele. Tenía que estar emitiendo algo distinto. Entonces sabría que aquello no era real y que su madre y su padre volverían pronto a casa.

Encendió la tele y zapeó de un canal a otro con el mando a distancia. Y allí estaba. Una toma desde un helicóptero de la plaza, con la limusina de sus padres ardiendo en un lateral. El cuerpo de su padre yacía en la acera y un sanitario estaba cubriéndolo en aquel momento con una manta. Se arremolinaban grupos de gente horrorizada que había abandonado sus coches en su pánico por huir. No había ni rastro de su hombre.

Simon miró el monitor de su mesa. Podía ver exactamente la misma escena. Luego, el hombre de la pantalla levantó la vista.

El monitor cambió de punto de toma. Mostraba la mirada del hombre elevándose por encima de los edificios que rodeaban la plaza, y más lejos aún... Hasta posarse en la gran mansión que dominaba la ciudad desde lo alto de la colina.

La casa de Simon.

El hombre echó a correr (con aquel estilo suyo de zancada larga ya conocido) y tomó la calle que conducía hacia la salida de la ciudad.

—¡NO! —gritó Simon, sintiendo el peso del miedo en la boca del estómago.

Atravesó el cuarto como una bala y se abalanzó sobre su silla. Extrajo la bandeja portadiscos y sacó de ella el DVD de un manotazo. Lo golpeó con fuerza contra el borde de la mesa. No se rompió. Lo apoyó en el borde de la mesa y presionó sobre él con todo su peso. El disco empezó a combarse hasta que, de repente, se partió en dos. Un afilado fragmento de plástico le hizo un corte en la muñeca.

Simon se derrumbó en la mesa, jadeante, con los ojos cerrados. Había destruido el origen mismo del juego. Se había acabado. Tenía que haberse acabado.

Todavía podía oír sirenas por los altavoces del ordenador. Abrió los ojos y dio un grito.

El programa seguía ejecutándose.

Simon intentó cerrar la sesión, pero la máquina no le hizo caso. Tecleó CTRL-ALT-SUPR, pero no ocurrió nada. Disparó un dedo contra el interruptor de alimentación, pero su ordenador siguió adelante. Se arrodilló y buscó a tientas el cable de conexión eléctrica. Lo desconectó del ordenador de un tirón, y a continuación, para mayor seguridad, desconectó el otro extremo del cable del enchufe de la pared. El juego continuó.

El hombre estaba ya cerca.

Simon dio un chillido y salió corriendo al rellano.

—¡Que viene! —aulló en dirección al vestíbulo.

Templeton le miró parpadeando desde el pie de la larga escalera.

—¿Quién viene, señorito Simon?

—Él... ¡Ese! Ha matado a mamá y a papá. Y viene hacia aquí...

El mayordomo hizo un gesto de preocupación.

—¿Se encuentra usted bien, señorito Simon?

Y en ese momento, algo se estrelló contra la puerta principal.

—¿Qué rayos ha sido eso? —dijo Templeton, precipitándose hacia la entrada.

—¡Ten cuidado! —gritó Simon, retrocediendo—. No puede haber... llegado aún.

¡El hombre nunca se movía tan deprisa en el juego! Corrió a su cuarto. El maltratado monitor mostraba la puerta de entrada abierta. Luego, la cara inquisitiva del mayordomo llenó toda la pantalla.

—¿Puede saberse quién...?

El puño del hombre se hundió en la cara de Templeton que se tambaleó hacia atrás, sangrando a chorros por la nariz. El hombre le siguió dentro de la casa y lo atrapó. Sus dedos se cerraron en torno al cuello del mayordomo y apretaron con fuerza. Templeton se agarró a las muñecas del hombre y luchó por deshacerse de su férrea presión. Por fin, sus ojos se nublaron y su cuerpo se aflojó. El hombre lo dejó caer.

De alguna parte brotó un alarido. El hombre se dio la vuelta y vio allí al lado, de pie, al ama de llaves que se cubría la cara con las manos. El movimiento del hombre fue demasiado rápido para ella. La alcanzó y la sujetó antes de que pudiera huir. Dobló un brazo alrededor de su cuello y lo giró. Los gritos se interrumpieron de golpe.

Simon, sollozando, corrió a encerrarse en su dormitorio de un portazo. Dio la vuelta a la llave y miró a su alrededor.

Inexplicablemente, el ordenador seguía encendido.

El juego continuaba.

Simon retrocedió aterrorizado hacia la pared, pero sus ojos no podían apartarse de la pantalla de su ordenador y pudo ver al hombre subir las escaleras en dirección a su cuarto. Cuando agarró el picaporte de la puerta, Simon pudo oír su respiración entrecortada a través de los altavoces. Miró a la puerta real. El picaporte estaba girando. Se detuvo y hubo una pausa. Y de pronto algo sacudió los paneles de madera como si un enorme peso se hubiera lanzado contra ellos.

Y otra vez.

Los paneles comenzaron a astillarse.

Lágrimas de terror nublaron la visión de Simon. Lo último que vio en la pantalla del ordenador antes de que la puerta reventara fueron las palabras:

«Fin del juego».

La hermana

Complementos Sparkle hervía de público, como cada año a mediados de verano. Grandes éxitos de distintas *boybands* sonaban como musiquilla de fondo mientras Catherine Woollams saludaba a cada cliente con una gran sonrisa. Le resultaba tan falsa como la nueva línea de pintalabios plateados y dorados que se había pasado la mañana entera colocando en el escaparate.

Un grupo de tres chicas llegó por fin a la cabeza de la cola.

—¿Tenéis algo en azul? —quiso saber una de ellas.

Estaban revolviendo en una pila de pasadores para el pelo que habían volcado sobre el mostrador.

—En azul no nos quedan —dijo Catherine en tono de disculpa, y apuntó posibles alternativas—. Tenemos en rojo, en verde, en amarillo, en naranja, en…

—Naaa… —dijo la chica, cavilosa—. ¿Algo tirando a turquesa?

—Pues no, la verdad. Solo lo que hay ahí: rojo, verde…

—¿Y en azul marino? ¡O en zafiro! Uy, a mí es que me encanta el zafiro…

Un rincón de la mente de Catherine estaba ya repasando todo lo demás que tenía que hacer. Inventariar el contenido del mostrador de pulseras, trasladar los pendientes más cerca de la puerta (Stella, la encargada, había leído en una revista profesional que a los clientes les gustaba ver de entrada el género más barato porque resultaba menos desalentador), reorganizar la colocación de los bolsos…

—No —dijo—. Solo en rojo o en…

La chica le volvió la espalda y se abrió paso entre sus amigas.

—Olvídalo. Vámonos chicas. Este sitio es un asco.

Catherine estaba ya sonriendo al cliente siguiente mientras otro rincón de su mente dedicaba no más de medio segundo a rezongar sombríamente sobre las personas que eran una pérdida de tiempo. No merecía la pena pensar en ellas mucho rato, si no, pasaría irritada el día entero.

El personal de Complementos Sparkle lo componían tres empleadas, incluyendo la encargada, y en mitad de las vacaciones de verano la tienda estaba siempre llena. Pero Catherine sabía cómo hacer que cada cliente se sintiera como si fuera el único objeto de su atención.

—¿Puedo ayudarla en algo? —dijo jovialmente.

La mujer tenía por lo menos el doble de años de la clientela media, y Catherine se preguntó si habría entrado por equivocación.

—¡Por fin! —exclamó la mujer—. ¡Llevo un siglo aquí de pie!

—¿En qué puedo ayudarla, señora? —dijo Catherine.

—Digo yo que no todo el mundo dispone del día entero para pasarlo por ahí, de plantón, ¿no le parece?

—Desde luego —asintió Catherine; su propia sonrisa empezaba a resultarle dolorosa—. ¿Qué puedo hacer por usted?

La clienta sacó un fular verde del bolso.

—Es este fular —dijo—. Lo compré hace un par de días y...

—¿Tenéis cinturones? —preguntó una chica de unos doce años, cruzándose de un empujón delante de la mujer.

—Al lado de los guantes —respondió Catherine de forma automática, señalando el sitio.

—Ah, ya veo.

La chica se fue a toda prisa y Catherine se volvió hacia la clienta anterior.

—¡Y es que fíjate en estas puntadas! —estaba diciendo la mujer al tiempo que alzaba el fular y señalaba las costuras—. ¡Están ya que se deshacen!

Catherine escuchó las quejas de la mujer con una sonrisa amable. Había estado haciendo aquel trabajo desde los catorce años, hacía ya dos, aunque al principio solo los sábados. Este verano era la primera vez que trabajaba a tiempo completo, antes de empezar su último curso de bachillerato. En las últimas cuatro semanas había adquirido más práctica de la que nunca creyó necesitar en el arte de sonreír amablemente, asentir en el momento oportuno y hacer caso omiso de todo lo que decía el cliente.

—Y encima de lo de las puntadas —prosiguió, quisquillosa, la mujer—, al ponérmelo a plena luz, me di cuenta de que este fular es de un color verde tirando a lima, y mi tez es mucho más jade.

Catherine asintió y sonrió.

—Además, la forma en que se ciñe a los hombros no me favorece tanto como prometía...

«¿Que no te favorece? ¡Esto es Complementos Sparkle! ¡Para CHICAS! Estás queriendo envolverte en un fular que es para alguien con la mitad de años que tú! ¿Qué esperas?».

—Así que he pensado que, si tenéis algo en...

«¿Pero cómo se te OCURRIRÍA siquiera?».

—¿Algún problema, Catherine?

A Catherine, aunque no perdió su sonrisa, se le cayó el alma a los pies. Stella, la encargada, había surgido del almacenillo y había irrumpido en la conversación. A Stella el gustaba vestirse de ejecutiva, con elegantes trajes oscuros, tacones altos y peinado impecable, dejando perfectamente claro que tenía la intención de ser directora de unos grandes almacenes algún día.

—Sí, Stella —dijo Catherine—. La señora quería devolver este fular...

—Pues lo que deberías hacer es una selección de las alternativas que podemos ofrecerle a cambio a la señora —dijo Stella dirigiendo a la clienta una sonrisa radiante—. Algo que armonizara con el color de tez natural de la señora... jade, por ejemplo.

La mujer sonrió satisfecha y Catherine pensó: «Has dicho eso porque se lo has oído decir a ELLA».

—Ahora mismo, Stella —dijo alejándose del mostrador.

—Y, cuando hayas terminado con esto, me gustaría que cambiaras de sitio los pendientes...

—Lo tengo en la lista de cosas por hacer, Stella.

—Ya, pero por hacer no es lo mismo que hecho, ¿no te parece? —replicó Stella, como si estuviera transmitiéndole un caudal de sabiduría. Probablemente era un eslogan que habría encontrado en algún manual de gestión de puntos de venta.

Catherine sabía que no le convenía decir nada, así que se limitó a darse prisa y acercarse al lugar en que estaban los fulares para escoger cualquiera que fuera remotamente verde.

Encontró tres o cuatro y se dio la vuelta para regresar al mostrador, pero estuvo a punto de chocar con una niña pequeña que estaba justo detrás de ella. La niña no se dio cuenta; estaba dando vueltas sin prisa a un expositor giratorio de monederos relucientes, absorta en los reflejos que la violenta luz eléctrica producía en su bisutería de plástico. Catherine no era ninguna experta en adivinar edades infantiles, pero la niña parecía lo bastante pequeña como para no pasar de los seis años. Tenía un pelo alborotado de un rubio oscuro que le llegaba a los hombros y un chaquetón chillón, guateado y con manchas estampadas en rojo y rosa. Era un modelo poco corriente, pero en cierto modo resultaba elegante, a la vez llamativo y algo retro. Catherine se preguntó de dónde habría salido aquel chaquetón y si harían tallas para mayores.

—Hola —dijo.

La niña levantó la mirada por un momento y luego volvió a ensimismarse en el expositor. Catherine se detuvo un instante a ordenar sus pensamientos. A Stella no le gustaba que entraran en la tienda niños no acompañados; nunca tenían dinero que gastar y algunos de ellos robaban género. Pero aquella niña parecía mucho más pequeña que la mayoría de esa problemática clientela, y Catherine llegó a la conclusión de que por lo menos uno de sus padres debía de estar allí cerca. De modo que se abrió paso junto a ella, puso su sonrisa de nuevo en funcionamiento y volvió al mostrador.

—No lo sé, la verdad —dijo la mujer cuando Catherine desplegó los fulares sobre el mostrador—. No son realmente jade, ¿no crees?

Por suerte, Stella parecía decidida a rematar aquella venta por sí misma, así que fue ella quien tuvo que convencer a la mujer de que un determinado fular verde era el que hacía juego con sus ojos. Catherine se retiró a un segundo plano, preguntándose si podría dejar que Stella se las entendiera con el resto de la cola mientras ella se ponía a cambiar de sitio los pendientes. Echó una mirada escrutadora a la tienda para comprobar si la niña pequeña seguía allí.

Ahora estaba mirando el muestrario de bolsos, deslizando un dedo sobre un resplandeciente bolso de piel, tipo cartera, de color lila. Catherine la miró con curiosidad. El bolso era uno de los artículos más caros de la tienda, y no creía que la niña tuviera verdadera intención de comprarlo. Pero tampoco quería que Stella se entrometiera y ordenara a la niña salir de la tienda, así que no la perdió de vista, confiando en que aparecieran sus padres.

Tras un par de minutos resultó evidente que la niña estaba allí sola. Quizá sus padres estuvieran en otra tienda. No parecía que fuera a convertirse en un problema. Catherine había tenido dificultades antes con crías que habían agarrado algo que les había gustado y habían corrido fuera de la tienda, cruzando entre los detectores de la puerta y disparando la alarma, aunque demasiado tarde para atraparlas. Pero esta niñita parecía demasiado joven, demasiado tímida y callada como para coger algo y salir corriendo.

La clienta difícil se fue al fin con un fular lo más a juego con sus ojos que Complementos Sparkle podía ofrecerle. Stella desapareció dentro del almacenillo en vista de que Beth, la otra dependienta a tiempo completo, había vuelto de su pausa para comer dispuesta a bregar con el resto de la cola.

—Dentro de un momento estoy contigo, Beth —prometió Catherine mientras se dirigía hacia la niña pequeña, que había llegado hasta un muestrario de guantes con todos los colores del arco iris y los estaba mirando pensativa, como si en realidad no se atreviera a alargar la mano y tocarlos.

Catherine se armó de su mejor sonrisa (una que casi le parecía auténtica) y se agachó junto a ella.

—Hola —dijo—. ¿Estás buscando alguna cosa en particular?

La niña la miró. Su expresión era reservada y tímida, pero detrás de sus grandes ojos pardos parecía adivinarse una sonrisa. Sus dedos rozaron uno de los guantes.

—Me gustan estos —murmuró, tan bajito que Catherine tuvo que hacer un esfuerzo para oírla.

—Me temo que pueden resultar un poquito caros para ti —le dijo con dulzura Catherine.

La niña se quedó cariacontecida.

—No tengo nada de dinero. Pero… —se inclinó, acercándose— …a mi hermana le gustarían un montón.

Lo dijo como si estuviera compartiendo el secreto más importante del mundo. Catherine suspiro hondo y le preguntó por la hermana. ¿Era mayor o más pequeña? ¿Estaba con su mamá y su papá? Por cierto, ¿dónde estaban su mamá y su papá? Pero en ese momento oyó a Stella llamándola apremiantemente desde el otro lado de la tienda.

—¡Catherine! ¿Qué haces ahí? ¡Ven a ayudar a Beth! ¡Un empleado eficiente es un empleado ocupado!

Catherine se irguió.

—Voy ahora mismo, Stella.

Stella abrió la boca para decir alguna otra cosa, pero Catherine vio que sus labios se fruncían al descubrir la presencia de la niñita.

—Espero… —empezó a decir, y Catherine supo que estaba más o menos a medio segundo de que le recordaran las normas sobre niños no acompañados.

—Lo siento; estos son para los clientes que pueden pagar —susurró, alejando los guantes de las manos de la niña—. Creo que deberías irte a buscar a tus padres.

Vio con el rabillo del ojo el gesto de aprobación de Stella, que se alejó.

La niña le sostuvo por un momento la mirada con sus oscuros ojos sin expresión y luego pasó muy deprisa por su lado y corrió fuera de la tienda. Los guantes se balancearon ligeramente en el expositor y Catherine se sintió como una hormiga.

«Pero bueno, ¿qué otra cosa podía hacer?», pensó, furiosa consigo misma, furiosa con Stella, furiosa incluso con la niña. «No podía quedarse así, dando vueltas; estaba claro que no iba a comprar nada, ¡y si hubiera tratado de escaparse con algo, Stella me hubiera echado a mí toda la culpa!». Suspiró, preguntándose si no sería demasiado tarde para encontrar un trabajo en el que no tuviera que tratar con el público o con jefas superambiciosas, y volvió al mostrador.

Dos días después, Catherine entraba en el centro comercial atravesando apresuradamente las puertas automáticas. Para ser un lunes, estaba más animado que de costumbre, atestado de gente que parecía empeñada en caminar diez veces más despacio de lo que ella quería. Se había quedado dormida, el autobús se había movido a paso de tortuga a través del denso tráfico hasta el centro de la ciudad y solo le quedaban unos tres minutos antes de llegar oficialmente tarde al trabajo.

—Por favor… perdone… gracias —murmuraba sin resuello, abriéndose paso a base de empujones y fintas hasta la escalera mecánica que conducía al primer piso.

—Por favor… —intentó colocarse delante de la persona que la precedía en la escalera mecánica, confiando en que luego podría correr escaleras arriba, pero el hombre la regañó mirándola por encima del hombro.

—¿A qué tanta prisa? ¿O es que no sabe usted que estas escaleras se mueven? —la espetó, y luego miró a otra parte, empeñado tercamente en no dejarla pasar. Catherine apretó los dientes y tuvo que resignarse a hacer el resto del recorrido hasta arriba al mismo ritmo relajado que todos los demás.

De repente, un destello rojo y rosa le llamó la atención. Algo en él le recordó a la cría que había visto el sábado. Catherine miró atrás, se alzó de puntillas por encima del pasamanos y entonces la vio. La niña estaba por debajo de ella, en la planta baja, al pie de la fuente ornamental.

Catherine recordó cómo se habían separado. Ella casi había echado a la cría de la tienda solo por evitar la ira de Stella. Se preguntó si no debería bajar y disculparse, ya que no le había gustado nada actuar así. No quería que la pequeña pensara que el personal de Complementos Sparkle era una pandilla de ogros.

—¡Hola! —llamó Catherine, justo cuando la escalera mecánica la hacía pasar por detrás de una columna.

Trató de dar un paso hacia atrás en la escalera, pero estaba demasiado llena de gente y recibió una mirada hostil de la mujer que subía tras ella. Tampoco podía moverse hacia delante. Para cuando la escalera hubo rebasado la columna, la niña se había marchado.

Catherine se alejó de la escalera a toda prisa y se asomó a la barandilla, intentando localizar a la pequeña en el nivel inferior. No pudo ver el chaquetón rosa por ninguna parte. Se encogió de hombros. Había actuado con buena intención, pero no valía la pena preocuparse ya por ello. Y si no entraba en la tienda en los treinta segundos siguientes, iba a llegar realmente tarde...

El martes se le hizo un día muy largo y el miércoles más largo todavía. Las vacaciones escolares suponían que un montón de críos disponían de tiempo, y Catherine hubiera jurado que cada uno de ellos entraba en Complementos Sparkle para pasar sus dedos pringados de helado por los fulares y desordenar el expositor de las pulseras.

Para cuando acabó la jornada, tenía la sensación de que le dolían todos y cada uno de sus miembros: los pies, de estar plantada detrás del mostrador; la garganta, de hablar por encima del alboroto de las chicas adolescentes y de la música a todo volumen; la cabeza, de tener que hablar siempre con al menos tres clientas al mismo tiempo y asegurarse de paso de que todo lo que salía de la tienda se había pagado, además de tener a Stella más o menos contenta... A la hora de cerrar, para ella fue un placer «pasar a piloto automático», salir a unirse a la multitud que volvía a sus casas y arrastrar los pies con todos ellos en dirección a la salida.

La salida del centro comercial desembocaba en la calle mayor. El miércoles era «noche de tiendas», por lo que, para cuando salió Catherine, ya estaba oscuro fuera. La luna de cristal de las puertas correderas aparecía negra y brillante, y reflejaba perfectamente el luminoso interior del centro comercial. Era como si fueran dos las Catherines que caminaban con paso firme la una hacia la otra, y la de carne y hueso decidió echar una mirada crítica a su reflejo. El pelo, largo hasta los hombros, le quedaría mucho mejor más recto; no le gustaba la forma en que se ondulaba hacia fuera más en un lado que en otro. Descubrió los dientes para comprobar si tenía pintalabios en ellos y sonrió de verdad cuando se dio cuenta de que parecía un sonriente chimpancé.

La sonrisa desapareció cuando volvió a percibir el destello rojo y rosa una vez más. El reflejo lo situaba casi inmediatamente detrás de ella. La niña estaba parada a solo unos pocos metros de distancia, y sus miradas reflejadas se encontraron por un momento.

Catherine se detuvo bruscamente y se volvió. La mujer que iba detrás chocó con ella de plano.

—¡Perdone! —dijo sin aliento Catherine; pero estaba ya agachando la cabeza para ver más allá de la mujer y localizar a la niña—. Es que... yo...

—No se preocupe —dijo la mujer, en un tono que expresaba claramente lo contrario; rodeó a Catherine y siguió su camino.

Por un momento, Catherine intentó volver sobre sus pasos en dirección contraria a la multitud, pero no tenía ni idea de hacia dónde ir. La ola de gente que abandonaba el centro comercial se había tragado a la niña y, aunque Catherine se puso de puntillas y estiró bien el cuello, no consiguió distinguir la pequeña cabeza rubia ni el chaquetón rojo y rosa.

—Ponte las pilas, Cath —murmuró para sí.

La verdad es que tampoco era tan grave que Complementos Sparkle hubiera perdido una pequeña adicta a los escaparates. Volvió hacia las puertas y dejó que se abrieran ante ella y la dejaran libre tras un día más.

—*¡Atento el personal! ¡Es viernes! ¡Marchando marcha marchosa para poneros a todos en onda bailona...!*

La emisora de radio local sonaba alegremente en la tienda cuando entró Catherine y, por una vez, estaba a tono con su estado de ánimo optimista. ¡Viernes, por fin! De acuerdo, el día anterior al sábado, que era el más ajetreado de la semana, pero seguía deseando que llegara el finde. El ambiente en la tienda siempre era mejor, y le apetecía mucho la fiesta que daría su amiga Jenny en su casa el sábado por la noche. Además, Jenny tenía un hermano mayor especialmente simpático llamado Chad, que estaría allí casi con toda seguridad...

La primera clienta del día fue una mujer más o menos de la misma edad que la madre de Catherine y que parecía un tanto perdida.

—Los colegios empiezan dentro de un par de semanas... —empezó diciendo.

«A quién se lo vas a decir», pensó tristemente Catherine.

—¡Qué le vamos a hacer! —dijo alegremente, y la mujer sonrió.

—...y me gustaría comprar algo tipo «vuelta al cole» para el cumpleaños de mi hija. Tiene casi catorce, pero no tengo la menor idea de qué regalarle...

—¿Qué es lo que suele llevar normalmente al colegio? —preguntó Catherine.

—Pues su mochila, claro, pero está ya un poco gastada.

—¡Entonces empezaremos por ahí! —dijo Catherine, conduciendo a la mujer a la sección de mochilas.

Con el resto de la tienda prácticamente vacía, era una manera estupenda de empezar el día. Catherine disfrutó ayudando a la mujer a escoger, no solo una nueva mochila, sino también un reluciente estuche para lápices, un pasador para el pelo de color malva y un cuaderno de apuntes con una brillante tapa a rayas.

—¡Ah, y unos cuantos lápices de esos! —dijo la mujer.

—¡Buena idea!

Por una vez, Catherine recordó que su trabajo no era tan malo. La mujer pagó con su tarjeta de crédito, dio las gracias a Catherine repetidas veces y salió con sus bolsas repletas. «¿Por qué, cuando hay clientes agradecidos, nunca está por aquí Stella para verlo?», se preguntó Catherine.

De repente, tuvo la clara sensación de que la estaban observando. Giró en redondo y se encontró con la niñita del chaquetón rosa y rojo justo detrás de ella.

—¡Ah, hola! —dijo Catherine—. ¡Siglos sin verte!

Sonaba gracioso, pero la niña siguió mirándola con solemnidad.

—Veamos... —Catherine pensó rápidamente en qué podía decir; no quería que la niña creyera que iba a echarla a la calle otra vez—. Soy Catherine.

La niña dirigió una mirada significativa a la placa que llevaba Catherine con su nombre.

—Tengo nueve años. Sé leer.

«¿Nueve?». Catherine se quedó algo sorprendida. Había pensado que sería unos tres años más joven. Decididamente, la niña era demasiado pequeña para su edad. Pero, con nueve, aún era un poquito joven para salir de compras por su cuenta.

Echó una mirada a su alrededor (tanto al interior de la tienda como hacia fuera, al centro comercial), por si podía identificar alguna persona mayor con aspecto de tener algo que ver con la cría. No parecía que hubiera nadie.

—¿Estás sola del todo? —preguntó alegremente—. ¿Ni mamá ni papá?

La niña cogió un rutilante monedero en forma de gato y pasó un dedo por sus erizados bigotes de plástico.

—Todo va bien. No tienes por qué preocuparte por ellos —dijo encogiéndose de hombros.

—Ah, entiendo —dijo Catherine, no muy segura de qué decir a continuación.

La niña escrutó toda la tienda con la mirada.

—Todo es tan bonito aquí —dijo—. Ojalá mi hermana y yo pudiéramos tener cosas tan preciosas como estas. Pero mamá no nos deja.

—Ya... ¿Y está tu hermana por aquí? —preguntó Catherine.

—¡Eh, Cath!

Catherine dio un respingo, asustada de que fueran a echarle la bronca por perder el tiempo en horas de trabajo. Pero no era Stella. Eran Jenny y Helen, dos de su colegio.

—¡Ahí está!

Helen había visto a Catherine desde la puerta y las dos amigas salieron disparadas hacia ella como dos misiles con vaqueros.

—¡Ay, Cath, no sabes cómo necesitamos que nos ayudes! ¡Tenemos que comprarnos algo sin falta para mi fiesta!—. empezó a decir Jenny.

Catherine miró a la niñita y se estremeció. La expresión tristona de la cría había desaparecido para dejar paso a lo que parecía un gesto colérico.

—¿Qué es lo que quieren? —dijo.

—¡Oye, que son mis amigas! —protestó Catherine.

La niña la miró con unos ojos fríos y duros.

—Si es así, supongo que será mejor que hables con ellas —dijo con una voz gélida y penetrante.

Dejó con brusquedad el monedero en forma de gato en su expositor y salió de la tienda antes de que Catherine pudiera decir nada más, empujando de paso a las dos chicas, que venían en dirección contraria.

—¿Quién era esa cría tan rarita? —preguntó Helen, observando la retirada de la niña.

—No es rarita, Hel —dijo Catherine, algo sorprendida de verse a sí misma apresurándose a defender a la niña; era cierto que su reacción ante Jenny y Helen había estado un poco fuera de lugar—. Creo que lo que está es sola. Merodea por aquí con frecuencia y nunca he visto a sus padres…

—¡Vamos, vosotras dos, dejaos de cháchara que tenemos una emergencia! —les apremió Jenny. Pero Catherine había visto a una clienta rondando cerca del mostrador.

—Escuchad, queridas, tengo que ir a atender a esa chica. ¿Por qué no echáis mientras una mirada y veis si hay algo que os gusta? —sugirió.

Dejó a Jenny y a Helen rebuscando en el montón de pintalabios dorados y plateados y se acercó apresuradamente a la caja.

—Quiero devolver esta diadema —explicó la clienta, que sacó una resplandeciente banda elástica de reflejos lilas y la puso sobre el mostrador—. Creo que algunas lentejuelas están sueltas.

Catherine la examinó. No era fácil verlo, pero una o dos lentejuelas estaban menos firmemente cosidas que las demás.

—Lo siento —dijo—. Si quieres te la puedo cambiar por otra.

—Si puedes..., te lo agradecería —contestó la chica.

Catherine notó con alivio que no sonaba demasiado molesta. Las cosas que obsesionaban a los clientes eran un misterio para ella.

Fue un canje sencillo, nuevo por viejo, y la chica parecía totalmente satisfecha cuando se marchó. Al otro lado de la tienda, Jenny y Helen estaban probándose sombreros y dando chillidos al verse en el espejo. Catherine supo que tardarían siglos en decidirse por algo. Mientras tanto, retorció en sus manos la cinta de pelo defectuosa y la miró, pensativa.

—*Cuando no estoy conti-i-i-igo...* —cantaba Catherine con la radio el lunes por la mañana: estaba de puntillas, en lo alto de una corta escalera de mano, colocando alternativamente frascos de perfume y de esmalte de uñas en un estante del escaparate— *...no sé dónde esto-o-o-oy, porque so-o-o-olo eres tú-ú-ú-ú...*

Había llevado el eco de aquella canción en la cabeza todo el fin de semana, y no solo porque fuera la número uno del momento. Era la que estaba sonando cuando Chad, el hermano de Jenny, la había mirado desde el otro lado de la habitación durante la fiesta. De acuerdo, luego él se había ido con sus amigos antes de que ella tuviera ninguna posibilidad de hablarle, pero era innegable que sus ojos se encontraron de forma muy significativa, y ella no había dejado de pensar en él desde ese momento.

—¿Están aquí tus amigas?

Catherine dio un respingo. La niña estaba al pie de la escalera, estirando el cuello para mirar a Catherine a la cara. Sus ojos eran fríos y duros, y su forma de decir amigas había sonado como un insulto.

—No. No están.

Catherine bajó de la escalera. «Esto sí que está empezando a entrar en la categoría de rarito», pensó, recordando lo que había dicho Helen el viernes anterior. La niña sonaba como si tuviera unos celos malsanos de Helen y Jenny.

—Ese frasco no está bien puesto —dijo la niña, señalándolo con el dedo.

Catherine miró y vio que uno de los frascos de barniz de uñas estaba ligeramente desalineado.

—Gracias —dijo, subiendo de nuevo a la escalera y alargando el brazo para empujar el frasco con la punta de los dedos.

—Se pasaron aquí un siglo —siguió la niña—. Las vi por la ventana. También vi a la chica de la diadema.

—Pues muy bien, enhorabuena —dijo Catherine.

El viernes había tenido una idea a propósito de la cinta para el pelo. Pero ahora, en vista de la hostilidad de la niña, no estaba muy segura. Por otra parte, aquella niña debía de tener unos padres realmente extraños; era evidente que les parecía muy bien que vagara sola por la ciudad durante días y días... A Catherine no le costó mucho esfuerzo volver a ser simpática.

—Mira —dijo; bajó de nuevo de la escalera, metió la mano detrás del mostrador y sacó la diadema de color lila—. La guardaba para ti.

Sabía que, si no, la tirarían a la basura.

La expresión de la niña se transformó al momento. Se fundió el hielo de sus ojos y estos se volvieron profundos, cálidos y suaves. Una sonrisa abierta y calurosa le iluminó la cara.

—¡Oh! —dijo en voz muy baja.

Alargó la mano hacia la diadema muy despacio, como si temiera que fuera a romperse, y la recogió lentamente de los dedos de Catherine.

—Oh —volvió a decir —¡Qué preciosa es! ¿De verdad es para mí?

—Pues claro..., claro que sí. Para ti.

Catherine se sentía francamente incómoda, no solo porque la niña se mostrara tan agradecida, sino, sobre todo, porque el regalo no era tan especial al fin y al cabo. Una diadema devuelta no era precisamente una joya de la corona, aunque la niña reaccionara como si lo fuera.

—¡Es tan bonita! —dijo la niña—. ¡Es el mejor regalo que he tenido nunca! —dirigió a Catherine una mirada de adoración que la hizo ruborizarse—. ¡Muchísimas gracias! —luego su cara se entristeció—. Pero yo no tengo nada que regalarte.

—No importa —dijo rápidamente Catherine—. A mí no tienes que regalarme nada.

Se le encogió el corazón. ¿Nadie le había regalado nunca nada a aquella niña solo por el gusto de hacerlo? ¿Por eso creía que siempre había una contrapartida y tenía que dar algo a cambio?

Catherine se inclinó hacia ella como si fuera a compartir un secreto. La sonrisa de la niña se hizo aún más abierta y se acercó más todavía. Catherine bajó la voz.

—Mira, mi jefa va a volver en seguida y no le gustan las crías que andan por aquí sin comprar nada. Pero me encantará que aparezcas siempre que ella no esté.

La niña volvió a sonreír.

—Vale —se puso la diadema en el pelo y, tras habérselo recogido con esmero detrás de las orejas, irguió orgullosa el mentón—. Y llevaré esto puesto todo el tiempo.

Y se marchó con la cabeza alta.

Catherine se acordó de algo y la llamó.

—¡Todavía no sé cómo te llamas!

La niña la miró desde la puerta. Por un momento pareció fatigada, como si estuviera pensando qué decir.

—Susan —dijo al fin, y desapareció en el centro comercial.

—Vale... Vale...

Stella revoloteaba de un lado para otro como una abeja demente. Era su estado habitual cuando tenía que ir al banco.

—¿Carta? ¿Carta? Dios mío, dónde habré puesto yo esa carta...

—Junto a la caja —le dijo Catherine, sin levantar la vista de las puntiagudas horquillas para el pelo que estaba ordenando en un muestrario. Las horquillas eran liosas de manejar y se pinchaba los dedos continuamente.

—Ah, es verdad. Voy a llegar tarde. ¿Dónde está mi bolso? ¿Dónde está mi bolso? Ay, gracias, Beth... Bien, estaré de vuelta hacia las dos; hasta luego... —dijo Stella sin aliento, y salió a toda prisa, repicando con sus tacones sobre el suelo.

Beth y Catherine se miraron y, cuando el taconeo empezó a apagarse, dieron ambas un suspiro de alivio.

—¡Gracias a Dios! —exclamó Beth—. Voy a hacer algo de café.

Desapareció en la trastienda y Catherine siguió con sus horquillas.

—Beth —llamó—, ¿te importaría quedarte sola durante la hora de comer?

—¿Sola? —Beth reapareció en la puerta de la trastienda—. ¿Tienes una cita secreta, Cath? —y abrió mucho los ojos cuando vio que Catherine se ruborizaba—. ¡Pero bueno! ¡Pues claro que la tienes! ¿Quién es? ¡Cuéntamelo todo!

—Es... —Catherine se encogió de hombros, pero no quería decir «es una tontería» porque era importante—. Mi amiga Jenny me llamó anoche y quiere que nos veamos para comer... —intentó sonar despreocupada, pero ella misma podía escuchar la excitación creciente de su propia voz— ...y su hermano va a venir también, ¡y Jen está segura de que me va a pedir que salgamos juntos!

—¡Ay, Cath! —Beth la abrazó—. ¡Eso es fantástico! Claro que puedo quedarme sola. ¡Pero tendrás que contarme hasta el último detalle cuando vuelvas! ¿Prometido?

—Prometido —sonrió Catherine, con un nudo en el estómago de puros nervios.

Treinta minutos después, se puso la chaqueta, agarró el bolso y se detuvo en la puerta para asegurarse por enésima vez de que el brillo de labios seguía en su sitio.

—¡Suerte! —le dijo Beth, levantando los pulgares.

Catherine, demasiado excitada para hablar, le devolvió la sonrisa. Iba a abrir la puerta cuando vio que Susan la observaba a través del cristal. Llevaba la diadema en la cabeza. Una refulgente franja violeta que contrastaba con su pelo rubio.

En ese momento, Susan vio la chaqueta y el bolso, y su sonrisa se desvaneció para transformarse en la máscara de la desilusión.

Catherine abrió la puerta y Susan la miró. Para entonces, su rostro era ya una careta sin expresión.

—Necesito de verdad hablar contigo —anunció.

—Bueno, el caso es que... —empezó a decir Catherine, apretando su bolso con más fuerza. Estaba a punto de explicarle que había quedado para comer.

Susan se encogió de hombros y se volvió. Bajo la diadema, su pelo parecía más sucio que nunca y en el hombro del chaquetón se veía una mancha grasienta.

—Da lo mismo —dijo.

Sonaba tan vacía de emoción, tan lejana e indiferente, que Catherine supuso que estaba acostumbrada a las decepciones. Demasiado acostumbrada. Se dijo que Jenny seguiría estando disponible para otros almuerzos (y también Chad).

—Pero puedo cancelarlo —prosiguió con firmeza, y en ese mismo instante la luz volvió a los ojos de Susan.

Catherine sacó su teléfono móvil.

—Dame solo un minuto...

—A ver, ¿qué te apetece? — preguntó Catherine, mirando a su pequeña acompañante.

Estaban en la sandwichería de la planta baja. Catherine prefirió no ir al café de la última planta por si se encontraban de sopetón con Jenny y Chad. Catherine les había dicho que Stella la había obligado a trabajar a la hora de comer. No podía permitir de ningún modo que se enteraran de que los había plantado por una chiquilla de nueve años. En ese momento, Catherine deseaba con toda su alma estar en la última planta, comiendo con Jenny y su hermano. Pero Susan le pareció tan abatida que, si además le había dicho que quería hablar con ella, debía de pasarle algo importante.

La niña parecía haberse recuperado.

—Un batido de chocolate —dijo con satisfacción.

—Dos batidos de chocolate —le dijo Catherine a la mujer que estaba detrás del mostrador.

—Aquí tiene —dijo la mujer un minuto después, dándoles los dos vasos y una galleta para Susan; entregó el cambio a Catherine y sonrió a Susan—. ¡Pero qué bonita diadema llevas en el pelo! ¿Te la ha regalado tu hermana?

Catherine miró a Susan. Sus miradas se encontraron y las dos se echaron a reír. Se dirigieron a una mesa sin sacar a la mujer de su error.

—Siempre he querido tener una hermana como tú —dijo Susan cuando se sentaron.

—Ay, muchas gracias… Pero vamos a ver, ¿tú no tenías una hermana? —dijo Catherine, confusa.

La niña se encogió de hombros y se puso a desmigar la galleta entre los dedos.

—Escúchame, Susan —insistió Catherine—, ¿quién cuida de ti? ¿Dónde está tu madre? ¿Y tu padre?

La niña sonrió débilmente sin levantar la vista de la galleta. Ya había más migas que galleta, y empezó a separar los trocitos de chocolate y a alinearlos en el borde del plato.

—Puedo cuidar de mí misma, ¿sabes?

—Ya lo sé, pero… —repuso Catherine.

Susan terminó el batido haciendo un gorgoteo con su pajita y se deslizó hasta el suelo desde la banqueta.

—Estaba muy bueno —dijo—. ¿Podemos repetir mañana?

Catherine dio un suspiro. Si algo complicado estaba ocurriendo en la vida familiar de aquella niña (incluso algo totalmente normal, como que sus padres estuvieran divorciándose) era evidente que no estaba dispuesta a hablar de ello. Quizá solo necesitaba una amiga con la que juntarse para sentirse querida. Pero mientras tanto, y solo por eso, ella había desperdiciado una cita con Chad…

—Pues claro —dijo Catherine, esforzándose por sonreír—. Ven a la tienda a la misma hora. Lo normal es que Stella ya se haya ido para entonces.

—Vale. ¡Allí estaré!

Susan dedicó a Catherine una fugaz sonrisa antes de embutirse en su chaquetón rosa y rojo y desaparecer entre la multitud.

—¡Eh! ¡Hola! ¡Estoy aquí!

Catherine salió bruscamente de su estado de ensoñación. La clienta era Toni Parker, una compañera de clase con la que Catherine nunca se había llevado bien. Estaba agitando las manos frente a su cara para llamar su atención.

—Lo siento, estaba...

—Lo que estabas haciendo no importa, lo que importa es esto —le espetó Toni; Catherine se crispó y sintió cómo su fingida sonrisa se deshacía como un pintalabios bajo un foco caliente—. Mira, este bolso no me vale para nada. Es demasiado pequeño para el monedero, demasiado pequeño para el móvil, demasiado...

—Es un bolso de fiesta —señaló Catherine—. Solo tiene una función decorativa.

—¿Y yo dónde pongo mi móvil? —protestó Toni—. Escucha, quiero algo que sea más grande. Pero de pagar más, ni hablar.

Casi había pasado la hora que tenía Catherine para comer y no había rastro de Susan. Quizá algo, o alguien, le había impedido venir. Quizá su padre o su madre habían descubierto de pronto un cierto sentido de la responsabilidad. O quizá, con la breve capacidad de atención tan típica de los niños, sencillamente se le había olvidado. Catherine trató de no sentirse molesta. Pensaba que había creado una cierta relación con la solitaria chiquilla, pero a lo mejor solo había sido una impresión suya. ¿Dónde estaría?

—No me estás escuchando, ¿verdad? —dijo Toni—. ¡Qué inútil eres, Cath!

En ese momento, como si respondiera a una queja real por mala atención al cliente, apareció Stella.

—¿Todo en orden, Catherine?

—¿Eres la encargada? —quiso saber Toni—. Quizá tú puedas ayudarme.

Y empujó el bolso sobre el mostrador en dirección a Stella.

Catherine estaba ya harta. Estaba muerta de hambre, y además se le acababa de ocurrir que a lo mejor Susan se había hecho un lío y creía que no habían quedado en la tienda, sino en la sandwichería de la otra vez. Puede que estuviera allí esperando, preguntándose dónde estaría Catherine y pensando que se habían olvidado de ella…

—Voy a salir un momento, Stella —dijo Catherine, sacando su bolso de debajo del mostrador.

Stella se quedó mirándola, sorprendida.

—Catherine, tu hora de comer es de doce y media a una y media, y ahora son… —miró su reloj— …la una y treinta y siete. Así que no vas a ninguna parte.

—¡Pero si Beth me ha dicho que se quedaría por mí!

Catherine no había tenido el valor de decirle a Beth lo que realmente había ocurrido la víspera; le había dicho que a última hora Chad no había podido asistir a la comida, pero que, sin embargo, quería verla hoy mismo. Beth había aceptado encantada cubrir su ausencia.

Stella juntó las manos; Toni sonrió tras ella con suficiencia.

—Beth puede sustituirte durante la hora que tienes establecida para comer —sermoneó Stella—, no cuando buenamente decides escurrir el bulto.

«¡Escurrir el bulto!», hubiera querido gritar Catherine, «Trabajo aquí como una esclava, sin quejarme nunca, ¿y ahora me sales con que escurro el bulto?».

—¡Escucha, solo serán un par de minutos! —insistió—. He trabajado durante toda mi hora de comer, así que me merezco un poco de…

—Ya. Pues tu hora de comer tenías que habértela tomado. Yo no soy una negrera, Catherine. Sencillamente, tengo unas determinadas expectativas. Así que suelta esa chaqueta y vuelve a tu trabajo. Seguro que habrá movimiento en cuanto la gente termine su comida.

Catherine flaqueó y estuvo a punto de ceder. Pero la idea de Susan esperándola ilusionada pesaba demasiado. Seguro que se quedaría en la sandwichería hasta que cerraran, convencida de que Catherine iba a aparecer en cualquier momento. Era tan evidente que la habían defraudado ya muchas veces en su vida que Catherine no estaba dispuesta a ser una más en la lista de sus desilusiones.

—Solo un par de minutos —dijo, y se dirigió hacia la puerta.

—¡Catherine! —la voz de Stella sonó cortante a sus espaldas—. Si te vas ahora, no tendré más remedio que despedirte.

Catherine vaciló, pero la imagen de Susan sola y decepcionada ocupaba por completo su cabeza. Agarró su chaqueta y salió de la tienda. Seguro que Stella no la echaba. Estaban en plenas vacaciones escolares, la época de mayor actividad en la tienda. ¿Cómo iba a encontrar inmediatamente a nadie capaz de soportarla?

Cuando Catherine llegó a la sandwichería, no había ni rastro de Susan. Catherine soltó un exabrupto en voz baja y regresó a la tienda. Y se encontró con que Stella la había despedido de verdad.

¡¡¡Hola, Cath!!! ¡¡¡España es de lo más guay!!! ¡¡¡Mogollón de chicozzz!!! El padre de Hel quiere que vayamos a un museo, pero esta noche tenemos ¡¡¡¡¡¡¡¡¡¡¡¡¡¡¡¡¡¡NOCHE DE CLUB!!!!!!!!!!!!!!!! Besos, Jen & Hel.

—¿Lo están pasando bien en España? —preguntó la madre de Catherine mientras recogía las cosas del desayuno.

Hacía una semana que habían despedido a Catherine. Normalmente, ya hubiera pasado una hora en la tienda para entonces y estaría pensando en el primer café con pastitas de la mañana...

—Vete a saber —mascculló Catherine.

Dejó caer la postal sobre la mesa y sorbió un poco de té. Jenny y Helen la habían invitado a aquel viaje al empezar las vacaciones, cuando los padres de Helen alquilaron el chalé. Pero Catherine lo había descartado porque acababa de conseguir el empleo en Complementos Sparkle y creía que estaría trabajando.

—Bueno, de nada sirve lamentarse, querida —dijo su madre—. Quizá deberías buscarte otras amigas para salir por ahí con ellas.

—Ya tengo otras amigas —dijo bruscamente Catherine, aunque, así de repente, no se le ocurría ninguna que de verdad le apeteciera ver.

A lo mejor, había estado trabajando demasiado en Complementos Sparkle. La única persona con quien había estado a menudo últimamente era...

—Estuve con esa chica que se llama Susan —dijo, evitando cuidadosamente mencionar su edad.

—¡Eso está muy bien! ¿Por qué no la invitas a que venga a casa?

—Pues... —hasta ese momento, a Catherine ni se le había pasado por la cabeza semejante cosa, sobre todo porque no solía apetecerle pasar el rato en casa con niñas de nueve años; además, ni siquiera sabía aún dónde vivía Susan —No puedo, no tengo su teléfono.

—Entonces no será una gran amiga —respondió su madre, limpiando enérgicamente la mesa con un paño húmedo.

Catherine jugueteó con su tostada y guardó silencio. No quería entablar una gran conversación sobre su nueva amiga. Nunca había sido capaz de mentir a sus padres convincentemente y solo conseguiría darle la impresión a su madre de que se había dedicado a deambular por algún jardín de infancia durante sus horas de la comida.

En resumen, lo mejor sería no pensar en Susan en absoluto. O en Stella. O en que estaba sin un céntimo. Pronto volvería al colegio con Jenny y Helen y probablemente ni se acordaría de sus deprimentes vacaciones de verano.

—Necesitas salir más —le dijo su madre con convicción—. A ver, todavía no tienes los libros de texto para el curso que viene, ¿no? ¿Por qué no te pasas por la librería antes de que vaya todo el mundo? No te preocupes, yo te presto el dinero.

Catherine soltó en el plato su tostada, sin comérsela, y empujó hacia atrás la silla. ¿Por qué no? La verdad es que no tenía nada mucho mejor que hacer.

—Gracias, mamá.

Le resultaba extraño que el centro comercial no hubiera cambiado lo más mínimo. Catherine tuvo que esforzarse en recordar que solo había pasado una semana. Se mezcló con la gente en la escalera mecánica (contentándose, por una vez, con quedarse quieta y dejar que todo el trabajo lo hiciera la escalera) y reconoció que su madre había tenido una buena idea. El animado ambiente de actividad estaba ya haciendo que se sintiera mejor; además resultaba agradable estar allí como cliente y no como empleada.

Dirigió una mirada a Complementos Sparkle desde la escalera mecánica que la llevaba a la segunda planta. Prefería no pasar por allí todavía. Por suerte, la librería estaba en la planta siguiente, y se sentía razonablemente segura de no tropezarse en ella con Stella. Los únicos libros que leía tenían títulos del tipo *Cómo tener éxito en la gestión del punto de venta* o *Gestión desde el mostrador hasta lo más alto. ¡El atajo fulminante hacia el éxito!*

Catherine se detuvo a examinar el contenido del escaparate. Su colección favorita estaba en oferta: tres libros por el precio de dos. Estaba calculando si el dinero que le había adelantado su madre le daría para tanto cuando algo reclamó su atención. Allí estaba otra vez. El reflejo rojo y rosa entre la multitud, reflejándose en el cristal. Durante un brevísimo instante, Catherine vio a Susan observándola en silencio desde no muy lejos. Se puso rígida y a continuación cerró los ojos y exhaló un gemido.

—Vete —murmuró—. Vete de una vez. Ya me has causado suficientes problemas.

Cuando abrió los ojos, Susan ya no estaba allí. Sonrió e intentó no pensar que su reacción había sido excesiva. Probablemente, no se trataba de Susan. No podía haber un único chaquetón rosa y rojo en todo el mundo. Lo que pasaba es que no pensaba más que en Susan.

—¡Catherine!

Alguien le cogió la mano y Catherine tuvo que contenerse para no gritar. Como si la semana anterior no hubiera transcurrido, Susan estaba agarrada a un extremo de su brazo y tiraba de ella.

—¡Catherine, tienes que venir! —dijo con voz entrecortada, antes de que Catherine pudiera abrir la boca; su voz era aguda y urgente y tenía los ojos enrojecidos, como si hubiera estado llorando; dio un nuevo tirón, casi saltando de pura impaciencia—. ¡Ahora!

—Susan, yo… —objetó Catherine débilmente—. ¿Dónde te habías metido?

—¡Por favor! —suplicó Susan—. ¡Tienes que venir! Tienes que venir a ayudar a Laura.

—¿Laura? —repitió Catherine—. ¿Quién es Laura?

Algo en el tono de Susan le decía que aquello no era un juego de niños. Y mirándola con atención, su aspecto resultaba todavía más descuidado que antes. La diadema de color lila aún estaba sujeta en su sitio, pero el pelo rubio le caía en greñas lacias y grasientas. Y tenía una mancha reseca de algo rojo en la parte delantera del chaquetón. Catherine entornó los ojos al verla. ¿Sería sangre?

—¡Es mi hermana! ¡Por favor! Está... No puedo... Tengo que... —la angustia le hacía hablar a trompicones, hasta que se interrumpió y se llevó las manos a la cara.

Catherine acabó por decidirse. Estaba claro que Susan necesitaba su ayuda; fuera lo que fuese, la necesitaba con urgencia. Su imaginación se inundó de imágenes del tipo de accidentes domésticos que les ocurren a los niños desatendidos: ollas de agua hirviendo, muebles pesados que vuelcan...

—Vale —dijo, apartándose de la tienda y agarrando la pequeña y pegajosa mano de Susan—. Llévame tú —se apresuraron hacia la escalera mecánica—. ¿Dónde está Laura?

—Está en un apuro muy grande —sollozó Susan.

—Sí, pero dónde...

—Un apuro muy grande.

Catherine no insistió. Susan estaba demasiado alterada como para hablar con coherencia. Tenía que darle tiempo y hacerle ver que estaba de su parte; solo así conseguiría enterarse de todo.

Catherine se abrochó la chaqueta mientras, medio andando medio corriendo, cruzaron el aparcamiento. Luego, empezó a sentir calor, a pesar de que hacía un día fresco para ser pleno agosto, y volvió a desabrochársela. Aún no sabía dónde vivía Susan. No tenía ni idea de lo que iba a durar el trayecto; ni siquiera sabía si iban a hacerlo entero corriendo.

—Te he echado muchísimo de menos —dijo Susan, temblándole la voz—. ¿Dónde has estado?

—¿Dónde he...?

Catherine se había quedado tan atónita que aflojó el paso durante un instante. Volvió a acelerarlo cuando Susan le tiró de la mano.

—Tuve que dejar de trabajar en la tienda —dijo por fin.

Susan no iba a entender en qué consistía un despido, y Catherine no tenía intención de hacer que se sintiera culpable en lo más mínimo.

Atravesaron a toda prisa el centro de la ciudad, sorteando peatones demasiado premiosos y cruzando calles a la carrera, peligrosamente cerca del tráfico incesante. Catherine se dio cuenta de que estaban dirigiéndose hacia el extremo de la ciudad opuesto a la zona en que ella vivía. Habían recorrido casi dos kilómetros, pero Susan apenas parecía darse cuenta. Ni siquiera daba muestras de fatiga al respirar. «Debe de estar realmente preocupada por Laura», pensó Catherine. Diez minutos después llegaron a la campa comunal y apretaron el paso por una vereda que pasaba bajo el talud de la vía del tren.

—¿Dónde están tus padres? —dijo sin resuello Catherine cuando salieron al otro lado—. ¿Saben que Laura está en apuros?

Estaban en una calle que no conocía, con hileras de casas adosadas a ambos lados.

—No están nunca en casa... bueno, ya no —dijo Susan.

Por alguna razón, aquello no sorprendió en absoluto a Catherine.

—Escucha —insistió—, todavía no me has dicho qué le pasa a tu hermana...

Los ojos de Susan volvieron a llenarse de lágrimas.

—¡Está en un apuro muy grande! —gimió.

—Ya —dijo Catherine, que empezaba a sentir cierta frustración—, pero... vamos a ver; es que aún no sé nada de tu madre ni de tu padre...

Susan se detuvo en seco.

—Hemos llegado —dijo, ahora en tono muy sosegado.

Estaban en una esquina entre dos calles. Un camino de gravilla conducía hasta una casa alta de tres pisos, de ladrillo rojo ya algo deteriorado, apartada de la acera. El amplio jardín estaba rodeado de arbustos y árboles, y el tejado, a dos aguas y con gabletes adornados en ambos extremos, tenía una inclinación insólita.

—¡Vaya! —dijo casi sin aliento Catherine, olvidando por un momento para qué había venido hasta allí—. ¿Vives aquí?

Susan corría ya por el camino de acceso, haciendo crujir la gravilla bajo sus pies. Miró fugazmente hacia atrás.

—¡Vamos!

Su voz era trémula, como si estuviera al borde de las lágrimas. Y sin embargo, había parecido perfectamente serena solo un momento antes. Catherine se sintió perpleja. La verdad es que Susan experimentaba las emociones más dispares que había visto nunca, incluso en una niña pequeña. Caminó apresuradamente tras ella.

Un tramo de escalones de piedra subía hasta una puerta de entrada decorada con una vidriera de colores.

—Tenemos que ir por detrás —dijo Susan, que tomó un caminito estrecho y desapareció detrás de la esquina.

Catherine, algo nerviosa, contempló la casa mientras oía el sonido de los rápidos pasos de la pequeña. Todas las ventanas aparecían vacías y sucias, y no ofrecían ningún indicio de lo que podía haber en el interior. El jardín estaba tan descuidado y cubierto de malas hierbas que era difícil creer que allí viviera nadie, y menos aún los padres de Susan. Catherine notó que el corazón empezaba a latirle con fuerza. ¿Era de verdad allí donde vivía Susan? No podía quitarse de encima la sensación de que estaban a punto de echarla por allanamiento de morada.

En la parte trasera, la puerta de la cocina era toda de madera pintada de verde. Estaba ya entornada y Susan se deslizó dentro sin mirar atrás.

En el umbral, Catherine vaciló. No podía entrar sin más ni más en una casa ajena.

—¿Ho-hola? —saludó—. Me llamo Catherine. Vengo con Susan...

Apoyó la mano en la puerta y esta se abrió del todo. Respiró hondo. «¡Ya está! ¡Ahora soy legalmente una intrusa!». Volvió a tomar aire y entró.

—¿Hola? —volvió a decir; y se quedó clavada en el sitio.

La cocina tenía un aspecto inmundo. La vajilla, sucia y costrosa con restos de comida, se apilaba en el fregadero, medio sumergida en agua espumosa y turbia. Las baldosas del suelo estaban cubiertas de pisadas embarradas y en el aire había un indefinible olor a podrido como si alguien no le hubiera puesto la tapa al cubo de la basura. En la mesa, junto a un gran cuchillo de cocina, había un plato de sándwiches de jamón amontonados; uno de ellos estaba mordisqueado.

—¿Es así toda la casa? —preguntó horrorizada Catherine.

Comprendió que el caso requería la intervención de los servicios de asistencia social. Había supuesto que los padres de Susan estaban demasiado atareados para ocuparse de ella. ¿Pero algo tan desastroso? ¿Tanto abandono? No, aquello no se lo esperaba.

—Para ver a Laura, es por aquí —dijo Susan.

Estaba en el umbral de la puerta más lejana y le hacía señas para que se acercara. Catherine se mordió el labio. Aquello estaba empezando a superarla claramente. ¿Y si alguno de los padres volvía a casa? ¿Sería capaz de entenderse con ellos? ¿Se pondrían violentos? Podía imaginarse los titulares de las noticias: *La policía busca a Catherine Woollams, de dieciséis años, que no ha sido vista desde ayer...*

El labio inferior de Susan empezó a temblar.

—¡Por favor, Catherine, date prisa!

Catherine avanzó con cierta sensación de irrealidad, como si estuviera en una película, y pasó junto a una pila de ropa lavada y tirada en una cesta. Estaba húmeda y olía a moho.

Susan la condujo por un corto pasillo hasta el vestíbulo. La luz del día entraba por las grandes ventanas, a ambos lados de la puerta de entrada. Era evidente que había sido alguna vez una habitación muy noble, pero ahora aparecía destartalada. No tan sucia como la cocina, pero cuando Catherine pasó el dedo sobre la mesa que había en ella dejó una clara huella en la capa de polvo. Los paneles de madera que forraban las paredes hacían que sus pasos sobre el suelo embaldosado del vestíbulo resonaran como los latidos de su propio corazón. Catherine sintió que la casa la rodeaba, acechándola; las ventanas eran ojos que observaban cada uno de sus movimientos y la escalera unas fauces abiertas, dispuestas a tragársela.

Susan se detuvo ante la puerta que se dibujaba en una pared que había bajo las escaleras y apoyó la mano en la madera.

—Laura está aquí dentro —susurró, con los ojos muy abiertos—. La tienen encerrada.

—¿Debajo de las escaleras?

Catherine no podía creerlo. O quizá sí, después de haber visto la cocina...

—Por esta puerta se baja hasta el sótano —explicó Susan muy seria, como si aquello no fuera tan malo como estar encerrada en un armario trastero; una gruesa lágrima rodó por su mejilla—. Mamá dice que Laura es mala y no se la puede dejar salir porque haría daño a la gente.

—¿Mala? —dijo Catherine con voz ahogada.

Sintió frío y calor a la vez. De pronto, la sensación de irrealidad se desvaneció y supo con certeza que estaba allí, precisamente en ese momento, rodeada por un extraño horror sin nombre que le oprimía la respiración y bañaba su piel en un sudor frío...

—Laura es mi hermana gemela. Mamá y papá la odian porque no limpia bien el cuarto de baño —Susan empezó a llorar y los sollozos hicieron que su cuerpecillo se estremeciera—, pero no es mala y... y... yo tendría que limpiar la cocina, pero no lo he hecho y dicen que yo también soy mala, y volverán en seguida y...

Que había maldad en aquel lugar, era indudable. O por lo menos que la maldad volvería allí muy pronto, en cuanto regresaran los padres...

—Mamá ha escondido la llave y no sé dónde —murmuró Susan—. ¡He intentado sacar a Laura de aquí, pero no he podido abrir la puerta yo sola!

—Vale, vale.

Catherine apartó con suavidad a Susan y luego puso la cara contra la fría madera de la puerta del sótano. Levantó la voz.

—¡Hola! ¡Laura! ¿Puedes oírme?

Hubo un largo silencio. Todo lo que Catherine podía oír era el palpitar de la sangre dentro de su propia cabeza. La gran casona estaba en silencio..., pero viva en cierto modo; esperando a que ella hiciera algo.

Catherine volvió a llamar a Laura. Tampoco ahora hubo respuesta..., y de pronto, aguzando el oído hasta el límite, pudo detectar el sonido de un roce casi imperceptible. ¿Se estaría moviendo alguien allí cerca?

—Tengo aquí a Susan —anunció— y vamos a abrir, ¿vale?

Dio un paso atrás y examinó la puerta. Parecía sólida. El ojo de la cerradura estaba debajo del picaporte y ambos parecían formar parte del mismo mecanismo, montado en la cara interior de una placa de metal atornillada.

—Susan, ¿sabes si hay un destornillador por alguna parte? —dijo.

Sentía que su cabeza estaba más despejada ahora que se había puesto a actuar. Se trataba sencillamente de una casa vacía, no había razón para asustarse.

Susan la miró parpadeando con sus ojos enrojecidos.

—Creo que hay uno en la cocina —dijo.

Guio a Catherine de vuelta por el mismo camino y abrió el cajón de un aparador. Era claramente el cajón de las herramientas. Catherine vio en él un martillo, varios enchufes y fusibles, un tarro vacío de mermelada lleno de clavos y, en efecto, un robusto destornillador de buena calidad. Lo sacó del cajón y lo sopesó con la mano.

Volvieron al vestíbulo y Catherine se arrodilló ante la puerta. Quería seguir hablando con la niña encerrada y que supiera que ya no se encontraba sola y pronto estaría a salvo.

—Muy bien, Laura —la llamó—. Ya estoy desatornillando la cerradura.

Los tornillos llevaban mucho tiempo incrustados en la madera y habían pintado sobre ellos. Catherine tuvo que raspar la pintura reseca y pegada en la muesca de cada uno para conseguir el mínimo agarre. Sentía las manos húmedas sobre el destornillador y lo soltó para secárselas en los vaqueros. Con el rabillo del ojo podía ver cómo Susan se movía cerca de ella y daba saltitos cambiando de un pie a otro.

Catherine volvió a intentarlo. La punta del destornillador dio un brusco resbalón que le hizo ahogar un grito y dejó un rasponazo marcado en la puerta. Apretó los dientes y empezó de nuevo. Esta vez la punta se quedó fija y el tornillo se movió. Catherine lo extrajo rápidamente de la madera y se lo dio a Susan para que lo guardara. Luego se concentró en el tornillo siguiente.

En total eran cuatro. Mientras los quitaba, uno por uno, Susan observaba en silencio. A continuación, Catherine introdujo el destornillador entre la madera y la placa metálica y la levantó. La placa se desprendió poco a poco de la puerta y dejó al descubierto el mecanismo del pestillo. Catherine tenía que desatornillarlo también, pero eso le llevó solo un momento. Hizo palanca hasta que se soltó y cayó al suelo con un sordo ruido metálico.

Catherine miró la puerta y se esforzó en tomar todo el aliento posible. Laura podría estar a solo unos centímetros, al otro lado. ¿Qué era exactamente lo que iba a encontrarse cuando abriera? La pura verdad era que no quería continuar.

Pero Susan la necesitaba, y Laura no digamos... así que Catherine sonrió valientemente a la pequeña.

—Ya estamos casi. Todo va salir bien.

Dio un empujón a la puerta, que se abrió de par en par, girando sobre sus bien engrasados goznes. Catherine se asomó al interior. Solo consiguió ver el primer par de peldaños de un tramo de escalera de madera que descendía hacia la oscuridad.

—¿Hola? —llamó en voz baja—. ¿Laura? No te asustes. Soy una amiga de Susan.

Contuvo la respiración en espera del levísimo eco de un roce que había oído antes. Seguía sin obtener respuesta, pero pudo escuchar sin ninguna duda el ruido de alguien que se movía.

—No vendrá si tú no te acercas a ella —dijo Susan, y Catherine dio un respingo; la pequeña estaba en pie junto a ella, tan cerca que podía sentir su aliento en el brazo—. Cree que te ha enviado nuestra madre.

Catherine enarcó las cejas en un gesto de duda, pero Susan asintió con la cabeza.

—Lo sé porque soy su hermana gemela —explicó.

Catherine miró a su alrededor buscando el interruptor de la luz, pero no lo encontró.

—Está abajo —dijo Susan.

—Ah, estupendo.

Catherine escrutó la oscuridad. Muy bien. Había llegado hasta allí. Así que no podía marcharse ahora.

—Vale, Laura, voy a bajar —advirtió, y emprendió el descenso sobre los desvencijados peldaños de madera.

El aire olía a polvo y humedad. Los peldaños crujían bajo su peso, pero cuando hizo una pausa creyó oír unos gemidos, y eso la espoleó a seguir. Sintió piedra dura bajo su calzado deportivo y supo que había llegado abajo. Tanteó la pared en busca del interruptor y sus dedos lo encontraron, pero cuando lo accionó no ocurrió nada. La luz que llegaba desde el vestíbulo le permitió ver una cajita de cerillas y el cabo de una vela sobre un estante, junto al interruptor. Al tercer intento, consiguió encender la vela. Un trémulo ángulo de luz amarilla se extendió dentro del sótano.

El lugar estaba vacío y desnudo. Sus paredes debieron de haber sido blancas en otro tiempo, pero ahora aparecían cubiertas de mugre. Al fondo, medio engullida por las sombras, de pie, había una niña. Tenía la ropa hecha jirones y el pelo sucio y enmarañado, pero su cara era idéntica a la de Susan. Miraba fijamente a Catherine con los ojos muy abiertos, llenos de horror.

—Hola, Laura.

Catherine puso en su voz toda la calidez y el aliento de que fue capaz. Dio un paso adelante hacia la gemela y Laura dio inmediatamente un paso atrás. Catherine dejó de moverse.

—No pasa nada —dijo, tranquilizadora—. Soy una amiga de Susan. He venido a sacarte de aquí.

El pecho de Laura empezó a palpitar. Su boca se movió, pero Susan no pudo descifrar las palabras.

Y entonces Catherine sintió que un terror frío extendía sus dedos y se le agarraba al cuello. Justo detrás de Laura, medio ocultos entre las sombras, yacían en el suelo dos bultos informes y alargados. Parecían dos adultos que dormían...

Catherine aguzó la vista tratando de penetrar la oscuridad. Se dijo que no era posible que fueran dos personas dormidas. El ruido que había hecho al irrumpir en el sótano de aquella forma hubiera despertado a un muerto...

Y no lo había conseguido, claro. Porque no había ruido capaz de despertar a unos auténticos muertos.

Tenía que sacar a Laura de allí inmediatamente.

—Mira —dijo—. Susan está esperándonos arriba. Podemos subir juntas y...

Con unos ojos tan abiertos que parecían devorar su rostro por entero, Laura levantó una mano. Catherine se quedó horrorizada cuando vio lo que llevaba en ella. Era la vieja llave de una cerradura de pestillo. Justo la clase de llave que abriría la puerta del sótano.

—¿Es esa la llave...? —empezó a decir

—¿Por qué la has dejado entrar? —el grito de Laura rebotó en las paredes, haciendo estremecerse a Catherine—. ¡Creí que estaba a salvo aquí abajo!

Catherine la miró perpleja.

—¿Qué quieres decir?

Pero Laura no la escuchaba. Miraba algo que había detrás de ella. Catherine se volvió para ver qué era.

Susan estaba sobre el peldaño contiguo de la escalera. Su cara era una fría máscara de odio y blandía el cuchillo que Catherine había visto en la cocina, junto al plato de sándwiches. La hoja goteaba, roja.

Susan levantó el cuchillo. Sus dedos estaban blancos donde sujetaban el mango.

—Gracias por todo, Catherine —susurró.

¿Hay alguien ahí?

Tras el escenario había una hilera de carteles con el retrato del chico desaparecido. Luke Benton era de aspecto agradable, rubio y con unas cuantas pecas. Su sonrisa resultaba tímida, como si no pudiera creer del todo que le estaban haciendo una fotografía. La que habían usado para los carteles era la última foto escolar de Luke, sacada el día que desapareció. Llevaba la chaqueta y la corbata del uniforme y, aunque no podían verse en la foto, unas zapatillas de deporte nuevas, negras con ribetes plateados. Su vestimenta había quedado inmortalizada al completo en la descripción impresa en todos los carteles de *Desaparecido*.

Visto por ultima vez vistiendo... con que habían empapelado la ciudad.

Alguien abrió la puerta del salón de actos y los carteles se agitaron con la corriente de aire. Juliet Somerville tomó mentalmente nota de ello para no olvidar pegarlos por las cuatro esquinas después del ensayo. El acto en memoria de Luke iba a tener lugar dentro de dos días, y el murmullo de los carteles agitándose detrás del escenario perturbaría a todo el que estuviera en el salón.

Juliet pensó que sería más expeditivo hacerlo ella misma que comentárselo a la señorita Worth. La directora del curso podía complicar extraordinariamente la cosa más simple. De hecho, ya había convertido el ensayo de la ceremonia en un verdadero circo de tres pistas.

En su fuero interno, a Juliet aquello le parecía de mal gusto. A Luke no se le había visto desde hacía un año. Su teléfono no había sido usado ni se había sacado dinero alguno de su cuenta en la caja de ahorros. Tenía que estar muerto. Debería recordársele en un servicio religioso o algo así, no en una actuación en la que la gente sentía miedo escénico y estaba preocupada por su aspecto bajo los focos.

La señorita Worth dio unas palmadas que se oyeron por encima del parloteo del salón de actos hasta que consiguió la atención de todos.

—A ver, la consola de luces... ¡consola de luces!..., gracias..., y la consola de sonido..., ¿listas las dos? Bien. A ver: todos los que vayan a leer algo en recuerdo de Luke, poneos en fila a la izquierda del escenario..., no, a la izquierda..., por orden alfabético, según el nombre de pila..., ¿o mejor por edades? Hmmm...

Juliet dio un codazo a su mejor amiga, Christine.

—¿Y por qué no por tallas de zapatos? —susurró.

Pero Christine no estaba de ánimo para bromas.

—¡Jul, creo que Mark acaba de mirarme! —siseó, mirando fijamente al otro lado del salón—. ¡Mira! ¡Acaba de hacerlo otra vez!

Juliet le siguió la mirada intentando que su cara no reflejara sus dudas. Mark Logan y Daniel Gardner, su mejor amigo, estaban sentados juntos al fondo del salón. Mark tenía una constitución fornida y vigorosa, y Daniel era más alto y más moreno, con un flequillo lacio. Como la mayoría de los chicos, estaban con su ropa de fútbol. Todos los compañeros de equipo de Luke iban a asistir a la ceremonia equipados en señal de homenaje. Pero si Mark había estado mirando a

Christine, ya no lo estaba. Él y Dan, con las cabezas inclinadas y juntas, parecían profundamente sumidos en una conversación privada.

—Me pregunto de qué estarán hablando —suspiró Christine—. Seguro que es sobre Luke. Mark tiene unos pensamientos tan profundos, es tan intelectual... Estará compartiendo sus ideas sobre cómo una pérdida y el dolor que causa deberían hacernos apreciar las cosas más bellas de la vida y unirnos más en el amor mutuo.

Juliet dirigió a su amiga una rápida mirada para comprobar si estaba hablando en serio. Desgraciadamente lo estaba.

—Seguro que es eso —asintió—. O que ha metido un gol en el recreo y se lo está contando a Dan con todo detalle.

Christine la miró con severidad.

—¡Qué cínica eres! Eran los amigos más íntimos de Luke, y lo sabes.

—¿Entonces por qué no se han ofrecido a leer algo durante el acto? —preguntó Juliet.

—¡Por favor, Jul! ¡No es así como se mide la amistad! Piénsalo. Vamos a ver, ¿te imaginas lo que tiene que ser perder a tu mejor amigo de la noche a la mañana? Ni siquiera encuentran su cuerpo, sencillamente lo pierdes... Es natural que no quieran manifestarse delante de todo el mundo. Seguramente ni siquiera han empezado a superar lo que le ocurrió a Luke.

—Podrían haber pedido ayuda. No sé, algún tipo de asistencia psicológica —apuntó Juliet.

No estaba segura de por qué; quizá solo era pura cabezonería, pero lo cierto es que quería pinchar la imagen inflada que Christine tenía de Mark. Durante las semanas que siguieron a la desaparición de Luke, la escuela había sido invadida por una legión de especialistas bienintencionados que apremiaban a los estudiantes a expresar sus sentimientos con palabras.

—¿Y por qué iban a hacerlo? ¿Por qué iban a tener que hablar de sus sentimientos más íntimos con un extraño? —la voz de Christine se hizo más cálida—. Lo que necesitan es alguien que los conozca y que sepa exactamente por lo que están pasando.

«En otras palabras», pensó Juliet, «¡tienen que hablar contigo!». Pero no lo dijo en voz alta. Hubiera sido cruel..., y quizá Christine pudiera ayudar a los dos chicos después de todo. A medida que el primer aniversario de la desaparición de Luke se iba acercando, Mark y Daniel se habían vuelto cada vez más reservados. Si alguien se acercaba a ellos, o simplemente se rozaba con ellos por el pasillo, se mostraban bruscos e irritables. De modo que si Christine era capaz de ayudarles…, pues adelante, bien por ella. En todo caso, daño no les haría.

Juliet miró el papel que tenía en la mano. Había terminado de redactar su contribución al acto después de un montón de tachaduras y correcciones: *Conocí a Luke el primer día que ambos pasamos en este colegio, hace cuatro años…*

Las lágrimas empezaron a escocerle en los ojos y volvió a doblar el papel. Tendría que practicar mucho más antes de ponerse delante de nadie sin perder el control. Ni siquiera había conocido muy bien a Luke, pero lo poco que había visto en él le había gustado. Su repentina desaparición era terriblemente desconcertante. Además, ¿había muerto realmente? ¡Quizá solo había huido! Pero todo el mundo parecía dar por hecho que estaba muerto. Se hablaba todo el tiempo de «cerrar» el caso… pero, ¿cómo se podía cerrar nada si nadie sabía lo que había pasado en realidad? Algo flotaba en la mente de Juliet, algo relacionado con aguas que se cerraban sobre la cabeza y te tragaban como si nunca hubieras existido. Eso era lo que le había ocurrido a Luke. Si no fuera por los carteles, dudaba de que nadie le recordase en absoluto. Ni siquiera Mark y Daniel, que parecían tan afectados por su desaparición, hablaban nunca de él.

Esa era la razón por la que Juliet había decidido hablar en la ceremonia. No tenía intención de sacar a relucir las dudas que tenía sobre la muerte de Luke (con eso solo conseguiría que todo el mundo se sintiese mal), pero haría todo lo posible para mantener vivo su recuerdo.

Juliet hizo un mohín cuando ella y Christine salieron del salón de actos a un atardecer de invierno, frío y gris. Corría noviembre, y las noches eran largas y gélidas. Pero la habitual vivacidad de la charla al acabar las clases no había disminuido, mientras los chicos y chicas deambulaban esperando al autobús o al coche que les llevaría a casa. Otros se marchaban en sus bicis, y sus pilotos traseros se perdían oscilantes en la oscuridad.

Juliet tiró de su abrigo para ajustárselo más. Ella y Christine vivían en barrios opuestos de la ciudad, así que, una vez que llegaran a la entrada del colegio, saldrían en distintas direcciones.

—¿Hablamos luego? —dijo Juliet.

—Eso es —Christine tiritaba y metió los extremos de la bufanda dentro de la chaqueta—. Nos llamamos.

—Vale. Hasta luego.

Se alejaron, caminando rápidamente y bajando las cabezas contra el viento.

Juliet llevaba en el colegio cuatro años, desde los once, pero era la primera vez que hacía a pie aquel recorrido en la oscuridad. Su familia se había mudado de casa ese mismo verano. Daniel Gardner era ahora vecino suyo y la familia de Luke vivía a tres manzanas de distancia, en una parte algo más antigua de la urbanización. Cuando giró para salir de la calle principal, Juliet sintió una punzada de malestar al darse cuanta de la gran diferencia que suponía la escasez de luz. Las referencias habituales (una farola torcida o la marquesina de la parada de autobús, cubierta de pintadas) solo se hacían visibles muy de cerca. Todo parecía tardar más en llegar, todas las distancias parecían alargarse.

Aquel era el camino que Luke debió de haber recorrido a diario. Y un día lo había emprendido en la oscuridad, como ella..., y nunca se le había vuelto a ver.

—Estupendo —murmuró Juliet—. Justo en eso necesitaba pensar yo ahora mismo...

Giró a la derecha, hacia el parque. Siempre lo cruzaba caminando. En verano había niños jugando al fútbol o salpicándose unos a otros en la fuente. Ahora, Juliet se dio cuenta de que el parque no tenía luces en absoluto. La calle que lo rodeaba estaba totalmente iluminada, pero la amplia extensión abierta de hierba y arbustos que había en medio parecía un gran agujero negro. Juliet le echó una ojeada y decidió rodearlo por el exterior. Solo supondría diez minutos más de camino.

Sus tacones repicaban sobre la acera y los coches pasaban zumbando por la calzada como pequeñas islas de calor, mientras caía la noche. «Quizá tendría que empezar a ir al colegio en bici», pensó. Encendería el faro y no saldría de las calles principales, pero se plantaría en casa en la mitad de tiempo.

Llegó a Market Street, al otro lado del parque. Era poco más que una callejuela estrecha que, frente a la entrada norte del parque, llevaba hasta la parte más comercial de la ciudad. Juliet observó la calleja con aprensión. Era el único camino para atravesar la manzana sin añadir otros veinte minutos al trayecto.

Al fondo de la callejuela podía ver la plaza del mercado, brillantemente iluminada, con su ajetreo de gente y autobuses. No estaba lejos; solo a un minuto de distancia si apretaba el paso. Después, seguiría por calles grandes y con buenas farolas hasta la misma puerta de su casa. Empezó a caminar.

La oscuridad pareció tragársela a los pocos pasos. Una vez que sus ojos se hicieron a ella, pudo ver los detalles de los edificios a ambos lados. Los portales y los muros parecían pálidos; las ventanas que había en ellos, solo huecos negros. Casi todas las casas de la calle llevaban ya vacías bastante tiempo.

Juliet se aproximó a una vieja carnicería y se estremeció. Unas enormes planchas de metal clavadas con remaches cerraban la entrada para disuadir a posibles ocupantes ilegales. Sobre la puerta habían pegado un gran cartel que decía «ESTADO DE RUINA».

Solo consiguió distinguir la pintura color rojo oscuro de la tienda y los rótulos medio desmoronados. Las ventanas estaban veladas por la suciedad y las telarañas, pero las sombras parecían agolparse con mayor densidad fuera, en la acera.

Juliet vio con sorpresa que había una figura algo más allá. Estaba de puntillas, espiando el interior a través de una de las mugrientas ventanas. Aunque la luz era muy tenue, Juliet reconoció la silueta alta y desgarbada, la pelambrera y el flequillo caído. Era Daniel.

Le llamó en la oscuridad.

—¿Daniel? Soy yo, Juliet.

Daniel giró en redondo bruscamente, con aire sobresaltado.

—Estaba... eh... viendo si hay okupas —balbuceó—. Mi padre es el dueño de esta tienda.

—¿Okupas? —Juliet no podía imaginarse a nadie ocupando ilegalmente un lugar tan frío y poco apetecible—. No parece que haya nadie ahí dentro, ¿no crees? Parece cerrado para siempre.

—Ya... bueno...

Juliet pensó que quizá los ojos de ambos se habían encontrado fugazmente, pero era imposible asegurarlo en aquella oscuridad. Luego él pasó rápidamente por su lado y se dirigió hacia el parque siguiendo el camino por el que ella había venido.

Juliet se quedó inmóvil por un momento, observando cómo la silueta larguirucha trotaba hacia la luz del fondo de la calle. Cuando se apagó el eco de sus pasos, la calle volvió repentinamente a ser fría y silenciosa. El silencio cayó como una niebla desagradable y Juliet se sintió de pronto una intrusa, un ser humano y cálido en aquel lugar gélido, muerto. Pero, justo cuando echó de nuevo a andar hacia la plaza del mercado, unas notas estridentes hicieron añicos el silencio como si fuera de hielo.

Juliet dio un brinco, y luego sonrió y se dijo a sí misma que había dejado que las sombras la asustaran. Hurgó en su bolso para sacar su teléfono móvil mientras caminaba rápidamente hacia la plaza. La pequeña pantalla se había iluminado y mostraba el icono de un sobre y las palabras «Mensaje nuevo».

Seleccionó «Leer mensaje» y miró la línea «De». No era de ningún número que pudiera identificar.

ayudame

Desplazó el cursor hacia abajo, pero aquello era todo lo que había.

¿Por qué una persona desconocida le pediría ayuda precisamente a ella? Ayúdame... ¿A qué?

Seleccionó «Responder».

qn ers? qupsa?

Se detuvo cuando estaba a punto de pulsar «Enviar». Quizá fuera un mensaje-basura publicitario. Si contestaba a ese número a lo mejor la bombardeaban luego con mensajes sobre vacaciones al sol, cristales dobles insonorizados o formas de hacerse rica en un periquete.

Pero, ¿y si era de alguien que realmente necesitaba ayuda? Por fin pulsó «Enviar» en el momento en que desembocaba en la ajetreada y bien iluminada plaza del mercado.

La última parte del trayecto era cuesta arriba hasta la nueva urbanización, edificada en lo que antes habían sido las campiñas que dominaban la ciudad. Al llegar a la entrada de su casa, el teléfono de Juliet volvió a emitir su tañido chillón. La trabajosa subida la había hecho entrar en calor, pero lo que estaba deseando era meterse en casa y escapar del anochecer, frío y húmedo.

Era otro mensaje de texto.

Juliet manipuló torpemente el teléfono con sus manos enguantadas. En cuanto dejó de moverse, se sintió penetrada por una ráfaga cortante de aire frío. Aquello no ayudó a que su humor mejorara.

El mensaje procedía del mismo número.

mestoy helando

—Bien, pues ya somos dos —masculló Juliet.

Estaba claro que tenía al otro lado a un bromista, algún idiota que había conseguido su número y quería divertirse un poco. Dejó caer el teléfono en el bolsillo y abrió la puerta de la casa de un empujón.

—Oye, ¿no fue más o menos a estas alturas del año pasado cuando desapareció aquel chico? —comentó inesperadamente el padre de Juliet, que nunca estaba muy al tanto de las cosas, cuando la familia terminaba de cenar.

—Sí, papá —suspiró Juliet.

Había perdido la cuenta de la cantidad de veces que había hablado con él sobre el acto en memoria de Luke. No valía la pena recordárselo ahora.

—Debe de ser duro para sus padres —comentó, mientras cogía el periódico.

Juliet puso los ojos en blanco, pero su madre consideró que aquél era un buen momento para intervenir en la conversación.

—¿No te acuerdas, Alan? —le dijo al padre de Juliet—. El colegio va a celebrar un acto dentro de un par de días. Juliet va a pronunciar un discurso.

—Una lectura, mamá —le corrigió Juliet.

—¿Ah, sí? —su padre la miró por encima del periódico—. ¿Sobre qué?

—Sobre Luke —murmuró.

—¿Luke?

—¡El chico que desapareció!

Juliet consiguió contener su irritación mientras rebañaba la última cucharada de tarta de queso.

—Quizá convendría repasar en voz alta esa cosa que vas a leer —siguió su padre—. Tienes tendencia a tragarte las consonantes.

—¡Papá, me he pasado toda la tarde ensayando! ¡No necesito leerlo otra vez!

Su padre la miró entornando los ojos.

—No es necesario hablar a gritos, jovencita. Todo el mundo necesita practicar.

—Alan, deja tranquila a la pobre chica —intervino la madre de Juliet—. Tiene que sentirse afectada por esa conmemoración.

—Eso no disculpa los malos modales —dijo él—. Ese chico, Luke, ¿no sería un noviete tuyo?

—¡Alan! ¡Supongo que Juliet nos lo habría dicho! —exclamó su madre, y miró de soslayo a Juliet—. ¿No es cierto? Porque no salías con él, ¿verdad?

—Mamá, si casi no lo conocía... —murmuró Juliet.

—Está bien, cariño. Pero estoy muy contenta de saber por Christine que estáis saliendo las dos con Daniel y Mark. Os vendrá muy bien a los cuatro.

—¿Cómo? —dijo Juliet.

¡Era la primera vez que oía semejante cosa! Iba a retorcerle el pescuezo a Christine. Y sonreiría mientras lo hacía...

—Bueno, es que he hablado con Christine hace un rato y... ¡Ay, lo siento! ¿No tendría que saberlo? —su madre le guiñó el ojo—. ¿Es un secreto?

Juliet hundió la cabeza en las manos y se levantó de la mesa en cuanto le fue posible hacerlo sin que le regañaran.

—¡Ensaya ese discurso! —le recordó su padre al salir.

Más tarde, aquella misma noche, Juliet estaba echada en la cama con la luz apagada y mirando al techo. Había pasado las últimas horas con la vista clavada en sus deberes de matemáticas. Por lo general, aquello solía tener sentido (de hecho, las matemáticas eran una de las asignaturas que mejor se le daban), pero aquella noche las ecuaciones no habían pasado de ser solo unos garabatos en papel. Su mente estaba viajando en demasiadas direcciones distintas como para pensar en el valor de *x* o de *y*. Luke, muerto; su padre, chinchándola...

Y encima, gracias a su mejor amiga, su madre estaba convencida de que tenía un novio nuevo.

—¡Te la estás ganando a pulso, Chris! —farfulló, y en ese mismo momento sonó su móvil con otro aviso de mensaje.

Buscó a tientas sobre la mesilla de noche y se encendió la pantalla del teléfono, difundiendo un resplandor fantasmal en la habitación.

Era el mismo número de antes.

no puedo salir

Juliet dio un gemido. ¿Quién sería semejante cretino?

Se quedó un momento pensando.

Mira que si alguien necesitaba de verdad su ayuda... Aunque, si solo se molestaba en mandarle un mensaje cada varias horas, sus apuros no podían ser tan grandes. Fuera cual fuese su problema, estaba tardando lo suyo en alcanzar el punto crítico... Y sin embargo...

Se sentó en la cama. Llamaría a aquel idiota y lo averiguaría. Si estaba realmente en un apuro, ya vería lo que podía hacer. Y si era solo alguien con ganas de enredar, chico o chica, se iba a enterar de una vez por todas.

Juliet seleccionó «Llamar» y mantuvo el teléfono pegado a la oreja. Durante el tiempo de conexión de la llamada, solo pudo oír el eco de los latidos de su propio corazón que le devolvía el aparato.

De pronto sonaron tres estridentes notas en su oído y una voz muy educada dijo: *El número marcado no es correcto. Por favor, compruébelo e inténtelo de nuevo.*

—¿Pero qué me dice? —dijo Juliet en voz alta, aunque sabía que se trataba de una voz grabada—. ¡Eso es imposible!

¿Cómo que el número no era correcto? ¡No podía estar recibiendo mensajes de un número inexistente!

Sabía cómo podía hacerse con el correo electrónico: simular el encabezamiento del mensaje para que pareciera que venía de otro remitente. Pero nunca había oído que pudiera hacerse con un mensaje de texto telefónico.

Eso sí, si alguien lo estaba haciendo a propósito, era obvio que no podía estar en ningún apuro. Lo estaba haciendo para tomarle el pelo, y no iba a darle la satisfacción de permitirle creer que se había tragado el anzuelo. Pulsó con el pulgar la tecla de desconexión y la mantuvo presionada hasta que el teléfono dejó de dar señales de vida.

Juliet se levantó sintiéndose muy descansada, a pesar de haber soñado con ecuaciones. Las otras cosas que le habían estado preocupando aquella noche le parecían ahora muy distantes. Buscó el interruptor de la luz y se frotó los ojos con el puño antes de encenderla.

El móvil estaba donde lo había dejado la noche anterior. Su verde pantalla exánime la contemplaba. Volvió a conectarlo. Mientras la pantalla desarrollaba su proceso de vuelta a la vida, volvió a dejarlo y se dirigió al cuarto de baño.

Antes de que llegara a la puerta, el tono de mensaje nuevo sonó una vez más.

Juliet se detuvo. Volvió la cabeza y miró el teléfono. Sintió un tirón de incertidumbre en el fondo de su conciencia. ¿Sería otro de aquellos estúpidos textos? Se dio la vuelta y cruzó la habitación en dos zancadas. Agarró bruscamente el teléfono y buscó el mensaje en la pantalla. Aquél majadero se iba a enterar de una vez por...

El mensaje era de Christine. Había sido enviado la noche anterior, después de que Juliet desconectara el móvil.

—¡Ah, Chris! —suspiró Juliet con alivio.

hla J! qrs vnir ala caye > d tndas dspus d clas?

Ir de tiendas con Christine le pareció de pronto la mejor idea posible para distraer su atención del idiota que no paraba de mandarle mensajes.

clro! talueg

El teléfono volvió a sonar casi inmediatamente y Juliet sonrió al dirigir la vista a la pantalla. ¡Era evidente que Christine necesitaba una «terapia de compras» con urgencia! Luego leyó:

tengo miedo

—Papá —dijo Juliet durante el desayuno.

—¿Hmmm? —dijo él, clavando el cuchillo en la mermelada de naranja y alisando el periódico con la otra mano.

Mientras se vestía, Juliet se había planteado en serio contarle a su padre lo de los mensajes. Si él creía que no eran nada por lo que tuviera que preocuparse, lo diría. Pero si estaba siendo acosada por algún tipo desconocido y raro, seguro que le interesaría saberlo, ¿o no? Así que dijo tímidamente:

—Me han estado mandando una serie de mensajes de texto al móvil…

—Qué cosa tan simpática.

Su despiste resultaba fastidioso, y eso le dio a Juliet más valor para hablar.

—Pues no, no lo es. Son inquietantes —sacó el móvil y los recorrió uno tras otro—. Son de alguien a quien no conozco. Mira: *Ayúdame, Me estoy helando, No puedo salir, Tengo miedo*. Papá, son… bueno, pues eso, inquietantes.

—Sí. Probablemente es… —su voz se perdió cuando unos titulares llamaron su atención—. ¡Eso es! ¡Por protestar tanto! ¿Pero es que no puede pasar un solo día sin que se especule con los precios inmobiliarios? Si la gente no hiciera esos sacrificios excesivos con sus hipotecas, se terminaría todo este disparate.

—¡Papá! —protestó Juliet.

—Lo siento, cariño —dijo él, sin despegar apenas los ojos de la página—. Sí, seguramente solo habrá sido un chico, algún majadero obsesionado por ti que intenta llamar tu atención. Ni caso… ¡Qué barbaridad! ¿Sube otro uno por ciento?

—Me marcho al colegio —anunció Juliet, entre dientes.

Bajó por la calle en cuesta dando pisotones y de muy mal talante. Ya guardaba en su móvil cuatro mensajes de un número que no existía, y su interlocutor, quienquiera que fuese, o tenía un sentido del humor francamente morboso o necesitaba ayuda en serio.

El tiempo no ayudaba nada a mejorarle el humor. Era más templado que la víspera, pero una llovizna muy fina lo descompensaba. El agua parecía flotar en el aire, de modo que uno no se daba cuenta de que llovía hasta que estaba ya empapado. Para cuando Juliet llegó al pie de la cuesta, ya sabía que iba a llegar al colegio calada hasta los huesos.

Pero poco a poco, algo le distrajo de su mal genio. Era la conciencia de que no estaba sola. La estaba siguiendo un coche..., un coche que bajaba despacio por la calle tras ella, manteniéndose exactamente a su misma velocidad.

No estaba del más mínimo humor para una cosa así. Decidió que probablemente no iban a secuestrarla a plena luz del día, así que se plantó con los brazos en jarras y miró sin pestañear al parabrisas. El coche era un turismo recién salido de fábrica, azul metalizado, y sus cristales estaban empañados por finas gotas de lluvia.

La ventanilla del conductor bajó y por ella asomó un hombre joven.

—¡Eh, Jul!

Juliet se relajó al instante.

—¡Dave!

Miró rápidamente a un lado y a otro, y a continuación cruzó corriendo la calzada.

Dave era su primo. Solo tenía unos pocos años más que ella, los justos como para ser una especie de hermano mayor, sobre todo porque Juliet no tenía hermanos ni hermanas de verdad.

—¿Te llevo al colegio? —ofreció Dave.

—¡Vale! —sonrió Juliet.

Corrió al otro lado y entró en el coche por la puerta del pasajero. El interior era caliente y seco y tenía ese olor como a plástico brillante de los coches nuevos.

—Muy chulo —dijo con gesto aprobatorio, tras inspeccionar el impecable interior—. ¿Cuánto hace que lo tienes?

—Lo recogí el viernes —dijo satisfecho Dave—. Están a punto de subirme el sueldo, así que decidí celebrarlo.

—¡Qué estupendo! —dijo ella—. ¡Debes de gustarles mucho en la comisaría!

Dave era agente de policía. Ahora iba uniformado solo a medias; llevaba puesta su propia chaqueta de cuero, pero debajo asomaban el cuello de su camisa blanca, cerrado por una corbata oscura, y unos pantalones azul marino.

Quizá no tendría que descalificar por inútiles a todos los miembros de su familia después de todo, pensó Juliet.

—Dave —empezó a decir lentamente—, ¿puedo preguntarte una cosa?

Dave la escuchó con atención mientras le contaba lo de los mensajes. Cuando terminó, su gesto era serio.

—¡Jul, si estás siendo acosada, tienes que informar de ello! Díselo a la compañía de teléfonos. Pueden dejar a ese tipo sin conexión si es necesario.

—¡Pero es que el número no existe! —le recordó ella.

—Existe, de lo contrario no te llamaría. Eso se llama suplantación de identidad, Jul. Es perfectamente posible disimular tu identidad en un móvil. Solo hacen falta unos poquitos conocimientos técnicos suplementarios. Me sorprendería que la compañía no pudiera dar con él.

Juliet calló, jugueteando con el móvil en sus manos. En realidad quería pedirle a Dave un gran favor.

—¿Podrías dar tú con él? Quiero decir, para no hacer de esto una queja formal, ¿no podrías intentarlo tú? ¿Aquí, entre nosotros?

Dave la miró por un momento y luego volvió a mirar a la calzada.

—Bueno, sí podría —dijo—. Pero al utilizar recursos de la policía para fines personales quizá me metería en un lío gordo… A menos que quieras denunciar a ese tipo, Jul, este no es un asunto policial.

—Pero es que no quiero denunciarlo, sea quien sea —dijo Juliet con expresión de impotencia—. Por eso te estoy pidiendo hacerlo de esta forma. Me da miedo tener una reacción exagerada. Si es un acosador obsesivo, pues sí, claro que quiero denunciarle, pero si solo es un estúpido crío del colegio que se cree muy gracioso, no merecería la pena armar jaleo por eso. Y si es alguien en apuros, quisiera ayudarle, la verdad. ¡Pero es que no sé quién es! Y no lo sabré mientras no me entere de dónde sale ese número…

Se interrumpió, hecha un lío.

Habían llegado a la entrada del colegio y Dave aparcó junto a la acera.

—¿Puedo ver esos mensajes, Jul?

Ella le dio el teléfono y miró cómo iba pasando los textos por la pantalla. Él arqueaba las cejas cada vez que leía uno, en voz muy baja.

De repente Juliet ahogó un grito y se agarró al borde de su asiento. Acababa de asaltarle una visión; una absoluta certidumbre sobre su extraño interlocutor. Era alguien solo, helado y aterrado. Y estaba a oscuras. En un espacio pequeño, oscuro, cerrado. Apenas podía respirar...

Juliet se mordió un labio. ¿Cómo podía creer en todo aquello? No era posible estar tan segura solo sobre la base de unos cuantos mensajes tontos. Era alguien que quería tomarle el pelo y punto.

Dave la estaba mirando, preocupado.

—Te está afectando en serio, ¿verdad? —le dijo suavemente.

Ella asintió con la cabeza, sin atreverse a hablar. Él dio un suspiro y le devolvió el teléfono.

—Escríbeme el número —dijo— y veré lo que puedo hacer.

Juliet se sintió un poquito mejor al entrar en el colegio. Quizá, para cuando terminara el día, Dave ya le habría dicho quién había hecho las llamadas y ella podría enfrentarse con quien fuese. Se moría de ganas de ver qué cara ponía.

Christine la esperaba emboscada detrás de la puerta de entrada.

—¡Jul! ¡Jul! ¡Es de lo más genial!

Juliet se dejó arrastrar del brazo hasta donde terminaba el patio de recreo. Los ojos de Christine chispeaban y sus mejillas estaban encendidas por manchas coloradas.

—¡Mark ha dicho que quiere salir conmigo! ¡Conmigo! Y va a encontrarse con nosotras en la calle mayor esta tarde.

—¿Nosotras? —repitió Juliet.

—¡Pues claro, nosotras! Dijiste que vendrías, ¿no te acuerdas?

A Juliet se le había olvidado completamente que había quedado en ir de tiendas después de clase. Su conversación con Dave y su preocupación por el extraño personaje del móvil habían borrado aquello de su mente, a pesar de que le había gustado la idea al recibir el mensaje de Christine. Se preguntó si sería capaz de encontrar una excusa para largarse antes de que acabaran las clases. Quizá, si Dave la llamaba con el nombre del obseso de los mensajes...

—Sí, claro —contestó.

El día fue transcurriendo de forma tan penosa como el ánimo de Juliet. Durante la hora de la comida, sonó su teléfono. Pero esta vez era el tono normal de llamada. Alguien la estaba telefoneando, y no enviándole un mensaje de texto..., aunque no le tranquilizó mucho ver que la pantalla decía «Número no disponible».

—¡Eh! ¿No vas a contestar a eso? —preguntó Christine, y Juliet se dio cuenta de que se había quedado plantada con el móvil en la mano, limitándose a mirarlo fijamente.

—Ah, sí, claro —dijo, y tras pulsar la tecla verde de comunicación, sujetó cuidadosamente el aparato contra su oreja—. ¿Di-diga?

—Suenas totalmente aterrada —dijo una voz de hombre—. ¿Estás bien?

Juliet dio un suspiro de alivio.

—Hola, Dave. Sí, yo...

No sabía bien qué decir.

—Jul, he hecho alguna averiguación a propósito de ese... bueno, ese asunto que me pediste que averiguara —dijo Dave.

El corazón de Juliet se puso a latir con violencia y notó que sus dedos húmedos resbalaban sobre el teléfono.

—¿Ah, sí?

—Tu suplantador es más listo de lo que creía. Está usando un número que ha estado un año entero fuera de servicio. De hecho, mañana hará justo un año que se utilizó por última vez.

—¿Quién lo hizo? —quiso saber Juliet.

—Lo siento, Jul. Esa información es personal y realmente no puedo dártela. Mira, lleva el asunto a la compañía de teléfonos. Es lo mejor que puedes hacer. Chao.

La línea se cortó y Juliet se quedó mirando al móvil, frustrada. Sonaba como si Dave estuviera convencido de que la cosa era obra de algún bromista que utilizaba un número fuera de uso. Pero, ¿qué sentido tenía semejante broma? Si estaban tratando de asustarla, ¿no les resultaría más eficaz llamarla? Quizá respirar hondo en el teléfono, intentar forzarla a decir algo... ¿O no querían saber cómo sonaba su voz?

—Muy bien —masculló.

Iba a llegar al fondo del asunto. La forma más segura de que la asustaran era dejarse asustar. Pero en vez de eso iba a contraatacar. Iba a enfrentarse con él, quienquiera que fuese. O con ella.

Seleccionó el último mensaje que había recibido, pulsó «Responder» y envió la siguiente contestación:

no se qn ers pero no pdo aydr si no me dcs qe pasa

El icono del sobre giró en la pantalla y apareció la nota «Mensaje enviado». Casi inmediatamente fue sustituida por la de «Mensaje nuevo» y el teléfono se puso a zumbar en su mano.

Juliet pestañeó, asombrada, y localizó el nuevo mensaje.

soy tu amig y te ncsito

Juliet casi dejó caer el teléfono. No era posible, no era posible que a nadie le hubiera dado tiempo de teclear una respuesta a su texto. ¡NO ERA POSIBLE!

Pero alguien lo había hecho.

Las tiendas estaban animadas e iluminadas con luces multicolores. A mediados de noviembre, estaban ya centradas en la Navidad, decoradas con adornos recargados y arrulladas por el constante sonido de fondo de villancicos navideños cursis. El centro comercial tenía tres plantas y Christine y Juliet iban derechas a la segunda, donde estaban las mejores tiendas de ropa.

—Chris —dijo Juliet mientras subían por la escalera mecánica.

Christine se estaba pasando por los labios un lápiz de brillo. El artificial olor a fresa hizo marearse ligeramente a Juliet.

—¿Hmmm?

—Oye… ¿Qué harías tú si hubiera alguien que… pues eso, que te acosara constantemente?

Christine giró el lápiz brillo para meterlo en su tubo y lo dejó caer dentro del bolso.

—No lo sé. Depende de quién fuera, supongo.

—Imagínate que no lo supieras. Imagínate que solo tuviera tu número de teléfono y te mandara mensajes extraños sin parar.

Christine sonrió de oreja a oreja.

—¡Eso sería todavía más genial! Podría inventarme quién era y así nunca me decepcionaría.

Juliet sospechó que Christine quizá no era la persona ideal de la que podía esperar comprensión, sobre todo si ya de entrada no podía hablarle de los mensajes con tranquilidad.

—Es que… —empezó.

—¡Mira! —dijo Christine, ahogando un gritito.

Habían llegado al final de la escalera mecánica. Christine agarró con fuerza el brazo de Juliet y tiró de ella hasta cruzar la puerta de la tienda más cercana.

—¡Tienes que ayudarme! —dijo con vehemencia—. Hay dos camisetas que son tan monas, las dos... Tengo que saber cuál le gustaría más a Marc... Espera aquí.

Soltó el brazo de Juliet y desapareció entre los estantes de ropa, dejando a Juliet rumiar su irritación en silencio. ¿Acaso las amigas no estaban para hablarse? ¿Pero cómo, si una de ellas no era capaz de escuchar nada que tuviera una cierta importancia?

Sacó su móvil y lo contempló como si encerrara el secreto del interlocutor misterioso y todo lo que tuviera que hacer fuera mirarlo fijamente hasta que revelara su identidad. Repasó con lentitud los mensajes hasta que el último de ellos apareció en la pantalla...

De pronto, le arrebataron el teléfono de la mano.

—¡Jul! ¡Por favor! —Christine había vuelto (¿cuánto tiempo llevaría allí?) con un par de camisetas en las manos—. ¡Hazme caso, mujer! Esto es mucho más importante que...

Miró el mensaje y abrió unos ojos como platos.

—¡Madre mía! ¡Madre mía!

Por un momento, Juliet pensó que su amiga se había quedado de piedra al ver los inquietantes mensajes. Curiosamente, eso le hizo sentirse mejor. Puede que exagerara al juzgarla mal.

Pero entonces, Christine bajó la voz y miró a uno y otro lado, como para asegurarse de que no las estaban escuchando.

—¡Así que era esto lo que querías decirme con lo de los mensajes! ¡Tienes un novio! ¿Por qué no me lo has dicho?

Juliet le arrebató el teléfono a su vez.

—¡No tengo ningún novio! —dijo con voz sibilante—. No sé quién es. Alguien me ha estado mandando mensajes de texto anónimos y…

Christine hizo una profunda aspiración y su mano se disparó hasta su boca, corriendo todo el brillo de labios que tan cuidadosamente se había aplicado.

—¡Espera, Jul! ¡Yo sé exactamente quién es!

—¿Quién? —Juliet estaba dispuesta a prestar oídos a cualquier teoría.

—¡Es Daniel! ¡Vamos, sabes que tiene lógica! Tú y yo somos amigas íntimas, ¿no? ¡Y Mark y Daniel son amigos íntimos, así que está claro que quiere salir contigo! ¡Está intentando quedar!

—¿Por el sistema del acoso anónimo? —masculló Juliet, pero Christine no la escuchaba.

—¡Ay, Jul! ¡Los cuatro juntos! ¡Qué maravilla! —tiró de Juliet para abrazarla—. Mira, olvidémonos de estas estúpidas camisetas. Vamos ahora mismo a buscar a Mark. Le he dicho que estarías aquí esta tarde. Te apuesto lo que quieras a que Daniel está con él.

Juliet lo dudaba, pero dejó que Christine tirara de ella fuera de la tienda. No podía recordar haber percibido jamás en Daniel el menor signo de interés por su persona. Si realmente estaba intentando pedirle que saliera con él..., bueno, tenía que reconocer que lo de los cuatro juntos sonaba bien. Daniel tenía una sonrisa de lo más agradable, las pocas veces que se molestaba en mostrarla. Más bien tímido, daba la impresión de que cualquier chiste suyo tenía en el fondo más miga de la que se sentía dispuesto a compartir.

Y si era realmente Daniel quien estaba enviando los mensajes..., bueno, pues la situación sería unas mil millones de veces menos alarmante, porque Juliet no tendría el menor problema en plantarle cara. Podría hacer una broma a propósito del asunto, decirle que había formas mucho mejores de llamar su atención, como salir al cine o saltarse un viernes la hora de deportes para pasar la tarde juntos.

Pero no creía que fuera él, y no solo porque la lógica de Christine se basaba más en deseos que en hechos. Daniel ni la había mirado cuando se separaron frente a la carnicería... Es más, ¿no estaba huyendo de ella cuando llegó el primer mensaje, unos segundos después? No había dado la menor impresión de estar interesado en ella en ese momento, y no pudo haber enviado ningún mensaje de texto mientras corría por la callejuela hacia el parque. No, Juliet no creía que fuera Daniel.

Quienquiera que estuviese enviándole mensajes seguía campando por ahí a sus anchas. ¿Pero dónde?

Una de las predicciones de Christine resultó cierta, sin embargo: Daniel estaba con Mark cuando se encontraron. Los chicos ya habían ocupado una mesa en el Coffee Place. Mark se levantó sonriente cuando las vio llegar.

—Hola, Chris —dijo, con un calor nada en consonancia con la impresión que Juliet tenía de él hasta entonces: introvertido, reservado y poco paciente con las personas que no conocía muy bien.

A lo mejor era verdad que le importaba Christine, y puede que ella le estuviese ayudando a superar lo de Luke. Si era así, Juliet se alegraba.

—Hola —jadeó Christine, agarrando con fuerza por un instante el brazo de Juliet, que trató de no inmutarse.

Daniel siguió el ejemplo de Mark y, con mayor lentitud, desencajó su desgarbada complexión de la silla en que estaba. Miró a Juliet, que pudo confirmar casi con toda seguridad que Christine se equivocaba a propósito de sus sentimientos. El flequillo le tapaba los ojos y resultaba difícil saber lo que estaba pensando, pero el gesto de su boca no mostraba excesivo entusiasmo.

—Hola, Juliet —dijo en tono inexpresivo.

—Hola —contestó ella, en tono igualmente inexpresivo.

Si el desinterés de Daniel era tan grande, lo más probable es que no la invitara a tomar nada, y tenía mucha sed.

—¿Queréis que os pidamos algo? —dijo con intención.

Daniel se encogió de hombros.

—Bueno. Coca Cola.

—Eso, excelente idea —añadió Mark.

—¡Vale! —dijo Christine; parecía delirante de felicidad ante el privilegio de pedirle una bebida a su chico—. ¿Hielo? ¿Rodajita de limón?

¿Una rodajita de limón en un sitio así? Con mucha suerte…

—Vamos Chris, que no tenemos todo el día —masculló Juliet, tirando de ella hacia la barra.

La chica de la barra parecía empeñada en batir un récord de servicio lento. Si hubiera esperado a que le creciera un par de limoneros en el patio de atrás no hubieran tardado menos. Christine llevó las dos primeras cocacolas a la mesa y Juliet esperó unos minutos más por las otras dos. Cuando se acercó con ellas, se le cayó el alma a los pies al oír el contenido del parloteo de Christine.

—…algún admirador secreto que le manda mensajes sin parar…

La forma en que Christine lo decía y el modo en que miraba a Daniel con el rabillo del ojo dejaban perfectamente claro quién pensaba ella que era el remitente de los mensajes. Daniel parecía francamente aburrido.

—Chris, no tiene importancia… —empezó a decir Juliet.

—¿Qué no tiene importancia? —protestó Christine—. ¡Vamos, mujer!

Antes de que Juliet pudiera impedírselo, Christine sacó de un tirón el móvil del bolso de su amiga, abrió el menú de mensajes y se lo plantó a Daniel delante de los ojos. Las manos de Juliet estaban llenas de botellas de cocacola y tuvo que limitarse a contemplar la escena, consternada.

—¿Y tú, Daniel, qué me dices de esto? ¿Eh? —le interrogó Christine.

Daniel cogió el teléfono y miró la pantalla.

Su cara palideció intensamente y puso el móvil en la mesa de golpe, como si le quemara en las manos.

—¿Algún problema, Dani? —dijo Mark; recogió el teléfono y echó un vistazo fugaz a la pantalla—. Bah, no es nada. Una de esas estupideces promocionales. Mandan cosas de este tipo todo el tiempo y te cobran mogollón si contestas. Olvídalo, Juliet. He oído que ahora hay móviles que pueden bloquear los números que no quieres que te llamen. Quizá deberías comprarte uno de esos, ¿no crees, Dani? —y miró con insistencia a su amigo, que se sonrojó.

—Pues sí —dijo—. Buena idea.

—Ya —murmuró Juliet—. Quizá sí.

Recordó haber pensado que podría ser un truco de marketing cuando recibió el primer mensaje. Pero después había tenido aquella conversación con Dave y se había enterado de lo del número fuera de servicio. Y una compañía de *marketing* usaría un número nuevo, ¿no?

Daniel se subió nerviosamente el puño de la manga y miró su reloj.

—Esto... tengo, eh... que irme —dijo—. Tengo... eh... una cosa —movió su silla hacia atrás y dirigió a Juliet una débil sonrisa—. Lo siento.

Mark frunció el ceño.

—¿Pero no íbamos al cine?

—Sí, bueno..., es que ya sabes... —dijo confusamente Daniel.

Estaba ya marchándose. En cuanto llegó a la puerta del café, se volvió y desapareció entre la multitud de compradores.

Christine miró a Juliet con ojos atónitos por la decepción.

—¡Oh, Jul, cuánto lo siento! No creí que te fuera a dejar plantada de este modo. Qué tipo tan idiota...

—¿Dejarte plantada? —dijo Mark—. ¿Te había pedido Dani que salierais o algo?

—Vamos hombre, por favor —dijo Christine, antes de que Juliet pudiera contestar—. Bastaba con mirarle...

—No importa —intervino Juliet—. No importa, de verdad.

—Bueno, es que la tecnología muy sofisticada siempre le ha aterrado al bueno de Gardner —dijo Mark, blandiendo el móvil de Juliet—. Esto ha debido de espantarle. A Dani le gustaría vivir en la Edad de Piedra. Ni siquiera tiene un chisme de estos.

—¿Qué? —Christine no se hubiera quedado más estupefacta si le hubieran dicho que Daniel vivía en una caja de cartón—. ¡Que no tiene un teléfono móvil!

Juliet miró a Mark sin pestañear, agarrada al borde de la mesa.

—¿Estás seguro de eso? ¿De que no tiene móvil, quiero decir?

—Bah, no los soporta —dijo Mark despreocupadamente; dio un sorbo a su cocacola—. La verdad es que es una faena cuando queremos citarnos para entrenar un rato al fútbol.

A Juliet le daba vueltas la cabeza. Aunque había estado casi segura de que no era Daniel quien le enviaba los mensajes, el hecho de que no tuviera móvil le descartaba definitivamente. Y en aquel preciso momento no sabía cómo tomarse la noticia. La idea de un acosador anónimo le parecía de pronto más amenazadora que antes, y deseaba salir de aquel sofocante café y encontrar un sitio más tranquilo donde poder pensar.

—¿Puedes devolverme el móvil, Mark?

—¿Dime? —Mark se dio cuenta de que todavía tenía el teléfono de Juliet en la mano—. Ah, sí, claro. Perdona.

Se lo devolvió y Juliet lo metió en su bolso. Luego movió hacia atrás su silla y salió del café prácticamente corriendo, tratando de no pensar que el remitente de los textos podía ser cualquiera..., incluso alguien que se encontrara en el centro comercial, alguien que estuviera observándola en ese mismo momento, esperando a que se quedara sola...

A través del espeso telón del escenario se filtraba el murmullo del abarrotado salón de actos del colegio. La señorita Worth estaba en su quinta velocidad organizativa, con las gafas incrustadas en el pelo enmarañado, tratando de coordinar a Juliet, a Christine, a Mark, a Daniel y a todos los que tomaban parte en el acto. Hoy era el Día: habían pasado exactamente 365 desde la desaparición de Luke Benton.

Juliet repasó sus líneas en voz baja y a toda prisa una vez más. Christine había dicho que podría leérselas en voz alta para practicar…, pero claro, Christine estaba con Mark en el otro extremo del escenario, rodeada por el equipo de fútbol, entre el que no pintaba nada.

Obedeciendo a un impulso repentino, Juliet sacó el móvil del bolsillo. Puso la pantalla en blanco para enviar un mensaje y tecleó:

oye, me recrdas?

Seleccionó el número de Christine y pulsó «Enviar».

El teléfono vibró en su mano. La señorita Worth les había dicho a todos que desconectaran sus móviles, y Juliet había obedecido a medias, dejándolo en «modo silencioso». Miró la pantalla con gesto preocupado. En el cuadro de diálogo se leía «Error: imposible enviar mensaje» y aparecía el icono de un sobre abultado. Dio un gemido. Eso es lo que ocurría cuando el buzón de entrada o el de salida se llenaban de mensajes guardados. Significaba que tendría que repasar todos sus textos antiguos y decidir cuáles quería conservar y cuáles quería borrar. Sabía que podía seleccionar «Borrar todo» y vaciar el teléfono por completo, pero algunos de los viejos mensajes tenían cierto valor sentimental y quería guardarlos algún tiempo más. El texto que le había enviado Christine para animarla cuando la arrestaron en el colegio, por ejemplo, o uno del primo Dave anunciándole su compromiso matrimonial…

Aún faltaban algunos minutos para que empezara el acto. Juliet agachó la cabeza y empezó a borrar los mensajes más rutinarios: citas para encontrarse con Christine después del colegio, cotilleos compartidos, consultas sobre los deberes de clase… Esa parte fue fácil. Pero a continuación llegó a los cinco mensajes anónimos y se dio cuenta de que no sabía bien si los quería guardar o no. Movió lentamente el cursor arriba y abajo por la lista, mirando las breves palabras, casi sin sentido, y la fecha y hora en que había sido enviado cada mensaje.

Y entonces algo muy raro le sorprendió. Sabía que el mensaje más reciente había llegado la víspera y el primero dos días antes. Pero ahora todos parecían haber sido enviados el mismo día. Y la fecha era precisamente la de hoy.

Por un momento, se preguntó si le pasaría algo a la tarjeta de su móvil. Buscó un mensaje diferente, el que le había enviado Christine para ir de compras. No, ese llevaba la fecha correcta: dos días antes. Juliet volvió a los cinco mensajes anónimos.

Otra cosa rara les ocurría a las fechas: el día y el mes eran los de hoy…, pero el año era distinto. Los mensajes estaban fechados ese mismo día, pero el año anterior.

¡Hoy, el aniversario de la desaparición de Luke Benton, era también el aniversario del envío de aquellos mensajes!

Y lo que era todavía más raro, ya puesta a fijarse en cosas, eran las horas en que los mensajes parecían haberse producido. Se los habían enviado en orden inverso; cada uno de ellos había sido escrito unos minutos antes que el enviado anteriormente. El último que había recibido, «*soy tu amig y te ncsito*» había sido el primero en enviarse. Puestos en el orden correcto se leían así:

soy tu amig y te ncsito
tengo miedo
no puedo salir
mestoy helando
ayudame

Juliet notó como si unos dedos helados le recorrieran el espinazo y, a pesar del calor y del ambiente cargado que se respiraba tras el telón, sintió un escalofrío. Miró con ojos muy abiertos a la pequeña pantalla intentando encontrar algún sentido, cualquier sentido, en lo que estaba leyendo. Y casi dejó caer de golpe el teléfono cuando le llegó otro mensaje y se puso a vibrar como un insecto en la palma de su mano. Lo abrió en la pantalla y tuvo que reprimir un sollozo.

—¡Oh, no! —musitó—. No, no, por favor, déjame ya...

Procedía del mismo número y había sido enviado antes que ninguno de los anteriores.

ste sitio sta cerrado pra siempre

—¿Qué sitio? —murmuró Juliet.

Cerró los ojos intentando poner todos los indicios en común. Algo que era helado, cerrado... Le asaltó de nuevo aquella visión de un lugar frío, oscuro, sin aire, en que casi no se podía respirar... Se estremeció y volvió a meterse el móvil en el bolsillo. ¿De dónde le había venido todo aquello? El asunto le estaba empezando a afectar, a corroer sus pensamientos como un gusano...

Algo en el último mensaje resonaba lejanamente en su memoria. Algo sobre estar cerrado para siempre...

«Market Street», pensó, y volvió a tiritar. Por un momento se sintió regresar al frío y a la humedad de dos noches atrás. En mitad de Market Street, fuera de la carnicería desierta. Daniel miraba a través de la inmunda ventana, al parecer tratando de localizar okupas.

—Parece cerrado para siempre —había dicho ella.

Y eso había sido solo unos momentos antes de recibir el primer mensaje.

Juliet apretó los dedos sobre el teléfono, dentro de su bolsillo. De alguna forma, la carnicería abandonada tenía que ver con aquello.

—¡Eh, Jul! ¿Adónde vas?

La voz de Christine sonaba amortiguada por la húmeda niebla del anochecer, y Juliet hizo como que no la oía mientras se alejaba de la entrada del colegio. Se había deslizado fuera del salón de actos nada más terminar la ceremonia y caminaba deprisa, calle abajo, con las manos bien metidas en los bolsillos. Por un momento, se sintió culpable por evitar así a Christine. Pero luego, se repitió que Christine sencillamente no entendía, no podía entender, lo angustiada que ella se sentía por los dichosos mensajes, y le hubiera llevado demasiado tiempo explicárselo. Aquello era algo que Juliet tenía que resolver sola.

Caminó en la oscuridad.

Un viento helado barría Market Street, y la húmeda penumbra de la estrecha callejuela le daba un aspecto aún más frío, más parecido a un plano de vieja película en blanco y negro.

La última vez que Juliet la había visto, la carnicería no había sido mucho más que una silueta oscura, con sus ventanas como agujeros negros abocados hacia lo desconocido. Ahora que podía verla más claramente a la luz rojiza del crepúsculo, parecía todavía más amenazadora. Era una especie de bloque cuadrado y feo. La pintura parecía deteriorada a propósito, como si ni siquiera hubieran querido que la tienda resultara atractiva cuando la pintaron por primera vez. Algo así como un crío que en el colegio se sentara sistemáticamente con los pies sobre el pupitre.

Juliet no se sobresaltó cuando el tono de mensajes de su móvil rasgó el silencio. Casi lo estaba esperando. Miró lo que le acababa de llegar.

creo q se han ido tdos a casa

Juliet se estremeció. Quien le hubiera mandado aquello estaba solo. Igual que ella en ese mismo momento.

—También a mí me gustaría estar en casa —murmuró.

Apretó la cara contra la ventana. El mugriento cristal le devolvió el reflejo de su propia cara como una pálida mancha rosada sobre el fondo gris; en el interior solo pudo percibir unas pocas formas de contornos claramente definidos. La parte baja del vidrio tenía marcas de manos y pensó si podrían ser las de Daniel cuando había estado espiando el interior. También se preguntó por qué el padre de Daniel no habría dispuesto un servicio de seguridad como Dios manda, si tanto le preocupaban los okupas.

Se alejó unos pasos de la tienda y contempló el destartalado exterior.

—Pero ¿qué pinto yo aquí? —se interrogó en voz alta.

Que aquel fuera el lugar en que había recibido el primer texto anónimo solo podía ser una coincidencia...

—Vamos, olvídalo de una vez —masculló—. Ya está bien, Jul.

Se volvió para irse y sonó el teléfono móvil.

Juliet se detuvo en seco. ¿Qué posibilidades había, pensó con amargura, de que fuera Christine la que le mandaba un mensaje diciéndole que había roto con Mark?

Muy escasas. Lo sabía cuando sacó el teléfono. Muy escasas, la verdad.

No era de Christine. Era del número que cumplía un año.

me han encerrado

El resuello se le cortó a Juliet en el gaznate. ¡Encerrado! Eso duplicaba el horror de la visión que antes había tenido. Sin pensar en ello poco ni mucho, de alguna forma había dado por sentado que la persona que fuera había acabado en aquel lugar helado, oscuro y sin aire por accidente. Eso ya era lo suficientemente horrible…

¿La habrían encerrado deliberadamente?

Juliet inspeccionó las planchas de metal remachadas sobre el exterior de la tienda. Ni siquiera se veía el picaporte de una puerta. Miró a los lados y descubrió el hueco oscuro de un estrecho pasaje entre la carnicería y la tienda contigua. La entrada estaba condenada, pero tenía que haber una puerta trasera.

«no puedo salir…»

Juliet se introdujo en el pasadizo y volvió la cabeza a un lado cuando sus pies pisaron algo blanducho que prefirió no examinar muy de cerca. Sintió que sus espinillas contactaban duramente con lo que le pareció un cubo de la basura y soltó un exabrupto en voz baja... y luego más alta, cuando comprendió que no había nadie que la oyera. Por fin, las paredes del pasaje se abrieron a ambos lados y penetró a trompicones en el patio trasero de la tienda.

Estaba cercado por altos muros de ladrillo coronados de alambre de espino y cristales rotos. Por las pilas de basura que se amontonaban al pie, formando sombras que parecían desplazarse y difuminarse en la negrura, daba la impresión de que toda la calle vertía allí sus desperdicios. Pero, efectivamente, había una puerta que daba a la parte de atrás de la antigua carnicería. Y no la habían tapado con planchas.

Juliet puso la mano en el picaporte, empujó y después lo sacudió con fuerza. La puerta no estaba condenada, pero sí cerrada con un candado de aspecto resistente justo por encima del picaporte. También pudo ver el sencillo ojo de una cerradura de pestillo convencional. La mitad superior de la puerta era una ventana con un estor interior, bajado para evitar que se viera la tienda. La ventana estaba tras una rejilla metálica exterior, rojiza de óxido y torcida hacia afuera de forma que se separaba del marco de madera en una de las esquinas.

«soy tu amig y te ncsito»

Juliet dio un paso atrás y sus pies tropezaron con algo que produjo un tañido metálico. Había descolocado unas cuantas tuberías que se apoyaban en un fregadero de porcelana. Se agachó y cerró las manos en torno a un frío, largo y pesado trozo de tubería. Metió un extremo en el bucle del candado y tiró hacia abajo con todas sus fuerzas. El cierre se dobló, despacio al principio, y al fin se rompió y se abrió dando una sacudida.

«Aún falta la cerradura», pensó Juliet. Tendría que romper la ventana y meter la mano para abrirla desde dentro. Introdujo los dedos tras la rejilla y dio un tirón. Sintió que algo se movía, pero luego la rejilla resistió firme. Volvió a coger la tubería y la encajó cuidadosamente entre la puerta y la rejilla. Esta se abrió, separándose del marco a medida que los tornillos de sujeción se liberaban entre crujidos de astillas. Se desprendió más fácilmente de lo que esperaba Juliet, que se golpeó los nudillos contra el ladrillo de la pared. Se llevó la mano a la boca para chuparse el rasponazo. Solo tenía que romper la ventana y estaría dentro.

Blandió la tubería y trató de no entusiasmarse demasiado cuando el cristal se hizo añicos. Metió la mano cautelosamente por el hueco, procurando no cortarse con las aristas de los cristales prendidos en el marco. Algo frío y húmedo le rozó los dedos y estuvo a punto de gritar, pero se dio cuenta de que solo era el estor de detrás de la puerta.

«creo q se han ido tdos a casa»

Sus dedos encontraron la manivela de la cerradura, aunque para alcanzarlo tuvo que tensar el hombro al máximo para adoptar una insólita postura en ángulo. Agarró con fuerza la manivela y la hizo girar. El pestillo cedió con un chasquido de metal oxidado. Apoyó el hombro contra el marco y empujó. La puerta se abrió lentamente, de mala gana. Con la misma lentitud, Juliet se deslizó dentro del frío y oscuro edificio.

«ste sitio sta cerrado pra siempre»

La tienda olía a moho y a polvo. Al principio, todo lo que pudo ver fueron formas cuadrangulares difusas y más huecos en sombras. Instintivamente, buscó a tientas el interruptor de la luz junto a la puerta, y reprimió un chillido cuando hundió los dedos en una masa de telarañas. Retiró la mano y se la limpió en el chaquetón.

Para entonces, sus ojos se iban acostumbrando a la oscuridad. Se habían llevado todo el mobiliario, las mesas, cualquier cosa que pudiera dar idea de lo que había sido antes aquella habitación. Las baldosas del suelo hacían un dibujo ajedrezado de cuadrados grises, unos más oscuros y otros más claros que podían haber sido blancos en otro tiempo.

Juliet dio un paso adelante. Podía oír que algo pequeño se movía cerca de su pie, algo que se agitaba y estaba muy vivo. Dio un salto hacia atrás y chocó contra la pared, de la que se desprendió una pequeña nube de arenilla que le cayó en el pelo. Se lo quitó frenéticamente con las manos mientras la oscura y pequeña silueta (¿un ratón? ¿una rata?) correteaba por el suelo y se escabullía dentro de un agujero de la pared que había a su derecha.

Juliet decidió aspirar aire profunda y regularmente varias veces hasta que sintió que su corazón empezaba a latir más despacio. Miró a su alrededor. Justo delante de ella había una puerta que debía de conducir a la parte principal de la tienda. A su derecha se veía otra puerta medio abierta, y a duras penas pudo distinguir un tramo de escaleras que arrancaba tras ella.

«ayudame»

A la izquierda del local, en un rincón del fondo, había una tercera puerta.

Juliet tardó un momento en darse cuenta de que era realmente una puerta, porque era más alta y más ancha que las otras. De entrada pensó que solo se trataba de un trozo de pared pintado de forma distinta. Pero, ahora que sus ojos se habían acostumbrado, podía ver lo que era con más claridad. Su color era más oscuro que el de la pared contigua, y la luz anaranjada, al filtrarse por entre las planchas que sellaban las ventanas frontales de la tienda, producía en ella un reflejo metálico.

Juliet no sabía bien cómo funcionaba una carnicería, pero sí que tenía que haber algún sitio donde conservaran la carne. Un sitio mayor que una nevera corriente. Aquel lugar debía de haber sido la cámara frigorífica del carnicero.

«mestoy helando»

Caminó cautelosamente hasta la puerta y pasó los dedos sobre su superficie de metal satinado. Tenía un largo tirador vertical de palanca a la altura de la cintura. Junto a la puerta, en la pared, se veían unos cuantos interruptores y diales que seguramente habían servido para regular la temperatura. Era obvio que ninguno funcionaba; hacía mucho que habían cortado la corriente.

«me han encerrado»

La puerta era como la entrada a la cámara acorazada de un banco. Si habían encerrado a alguien en alguna parte del edificio, tenía que ser allí. En cualquier otro sitio quedaría el recurso de derribar la puerta o de salir trepando por la ventana. Pero alguien encerrado allí... ¿qué posibilidades tendría de escapar?

Por otra parte, ¿era ello razón suficiente para que Juliet realmente deseara ver lo que había al otro lado?

Sintió un escalofrío, pero agarró el tirador con ambas manos. Había llegado hasta allí. Tenía que saber.

Soltó el tirador de nuevo. No quería saber. Quería irse a casa. Y ahora mismo.

«me han encerrado»

Se quedó quieta, temblorosa. Dejó escapar un sollozo.

«tengo miedo»

Con un aullido inarticulado de ira y terror, apretó la palanca y tiró. La puerta no se movió. Agarró de nuevo el tirador, hincó los pies como pudo en el suelo resbaladizo y volvió a tirar hacia arriba, gruñendo por el esfuerzo. ¿No se había movido algo ahora? Se preparó una vez más y se echó hacia atrás, tirando de la palanca con toda su alma.

Sonó un clic y la puerta se abrió un par de centímetros.

Juliet todavía necesitaba las dos manos para presionar la palanca, pero la puerta se fue abriendo poco a poco. Sintió en plena cara el impacto de una bocanada de aire viciado, a la que siguió inmediatamente un hedor tan espantoso, tan inmundo, que le provocó una arcada. Era algo muerto y putrefacto. Era lo último que Juliet hubiera querido que fuese.

«me han encerrado»

Juliet retrocedió, dando traspiés y tapándose la boca con la manga. Alguien debía de haber dejado algo de carne vieja colgada allí dentro. Era lo más pestilente que había olido en su vida.

Contuvo la respiración y avanzó un paso para escudriñar el interior de la cámara, pero se veía tan poco que el espacio interior lo mismo podía haber sido tan pequeño como una cabina de teléfono o tan grande como un campo de fútbol. Allí dentro, las sombras devoraban por completo la débil luz que penetraba en el resto del local, y parecían más negras y más espesas que en ninguna otra parte. Juliet esperó a que cesaran los espasmos de su estómago y a continuación abrió la puerta todo lo posible para que entrara la luz.

«ayudame»

Las sombras retrocedieron lo suficiente como para que Juliet pudiera ver que la cámara de conservación era un espacio cúbico forrado de acero. Las paredes eran verticales y lisas, y una serie de ganchos metálicos curvos pendían de una parrilla que había en el techo. De ellos habían colgado tiempo atrás cuartos de vacuno y pancetas de cerdo, pero ahora se balanceaban libres en la leve corriente de aire que había causado Juliet. Y el suelo…

El suelo estaba cubierto de tersas baldosas blancas de cerámica. Al abrirse la puerta, la mortecina y polvorienta luz anaranjada se fue alargando sobre ellas hasta derramarse sobre un par de zapatillas de deporte que se veían en un rincón del fondo.

Zapatillas de deporte… negras y con ribetes plateados.

Juliet empujó la puerta y abrió los pocos centímetros finales. La franja de luz se desplazó y reveló un par de piernas cubiertas por pantalones oscuros. Luego el resto del cuerpo. Y la cabeza.

El cuerpo aparecía vencido contra la pared, como si hubiera estado sentado cuando le llegó la muerte. Juliet reconoció la chaqueta del uniforme escolar, pero podría haber adivinado quién era de todas maneras.

Había encontrado a Luke Benton.

El perfil de los huesos de sus manos parecía a punto de romper la tensa tirantez de la piel, que estaba como pegada a ellos. Juliet se agachó y se forzó a sí misma a mirarle la cara. Los hundidos ojos de Luke se habían convertido en unas fosas oscuras. Sus labios se habían retraído y los dientes al descubierto parecían dibujar una sonrisa desesperada. Los pómulos sobresalían de forma prominente. Aquello le recordó a Julia imágenes de momias egipcias.

Una de las manos de Luke estaba doblada en su regazo; la otra descansaba sobre el suelo, con la palma hacia arriba y los dedos crispados sobre un teléfono móvil.

Juliet estiró el cuello y trató de ver la pantalla del teléfono sin acercarse más al cuerpo (...a Luke). Pero el ángulo era demasiado forzado. No tenía más remedio que coger el móvil. Con solo dos dedos y poniendo el máximo empeño en evitar todo contacto con la carne muerta, lo extrajo con cuidado de la mano de Luke. Los dedos de este estaban más cerrados sobre el aparato de lo que Juliet creía y, por un momento, al tirar del móvil, la mano del muerto se elevó con él. Juliet apretaba los dientes con tal fuerza que le dolían los ojos... De pronto, la presión de aquel puño sin vida se relajó y la mano se desplomó otra vez sobre las baldosas del suelo.

Juliet volvió el móvil hacia la luz. Conocía bien el modelo (ella misma había tenido uno igual) y sabía como conectarlo, pero cuando apretó la tecla no ocurrió nada. La batería se había agotado hacía mucho tiempo.

Pero había algo que sí podía hacer. Abrió rápidamente el teléfono, sacó la tarjeta y la cambió por la suya en su propio móvil. Conectó este de nuevo y la pantalla se iluminó mostrando los últimos mensajes de Luke.

Allí estaban todos, en la bandeja de salida y en el orden en que él los había mandado…, inverso a la secuencia en que ella los había recibido.

me han encerrado

creo q se han ido tdos a casa

Ninguno de ellos aparecía como enviado. Juliet los recorrió todos hasta el último y buscó la información correspondiente. Pasó rápidamente por la fecha y la hora de envío y llegó a la última línea: «Error: imposible enviar mensaje».

—Oh, Luke… —murmuró, mientras los ojos se le llenaban de lágrimas—. Voy a sacarte de aquí. Voy a buscar ayuda…

—¡No hagas ruido!

—¡Ya lo intento!

Juliet se dio la vuelta. Alguien había entrado en el local por la puerta trasera de la tienda; dos voces, dos pares de pies que se arrastraban sobre el suelo embaldosado. El instinto la hizo moverse hacia un lado, fuera del cono de luz que entraba por la puerta abierta. Se quedó pegada a la pared. Así no podía ver quién estaba allí, pero eso quería decir que tampoco podían verla a ella.

—Escucha, no sabemos que haya estado aquí nadie…

—¡Han forzado la puerta!

—Vale, Dani, vale…

¡Dani! Juliet cerró los ojos y dio un profundo suspiro de alivio. Ahora reconocía las voces. Solo era Daniel, preocupado aún por la posible presencia de okupas en la tienda de su padre, y había traído a Mark para sentirse apoyado.

Juliet abrió los ojos y observó que el cono de luz encogía sobre el suelo de la cámara helada. Se apartó de la pared y entonces pudo ver cómo la lisa puerta de acero se iba cerrando.

Dio un grito y corrió hacia ella. En el preciso momento en que se estrelló contra el metal, se cerró del todo.

—¡ALTO! ¡Abrid esta puerta! —chilló; dejó caer el teléfono y arañó con las manos la pulida superficie de acero—. ¡Esperad! ¡Abrid la puerta! ¡Daniel! ¡Mark! ¡Por favor! ¡Abrid!

Estaba tan oscuro que ni siquiera sabía si sus propios ojos estaban abiertos. Se apretó contra la puerta sin querer apartar las manos de ella, ya que era su único punto de referencia en la pura oscuridad. Si las quitaba y se daba la vuelta empezaría a girar en un vacío oscuro sin fin.

¿Habrían visto Mark y Daniel el cuerpo a través de la puerta abierta? Evidentemente no. Pero tenían que haberla oído. Había gritado justo antes de que la puerta se cerrara por completo. ¡Y ahora que sabían que ella estaba allí, la abrirían inmediatamente! ¿O no?

«me han encerrado...»

La realidad tardó solo un segundo en hacerse evidente. Nada de *me he quedado encerrado*. Nada de *me han cerrado la puerta sin darse cuenta*. Simplemente *me han encerrado*... Y luego, *creo que se han ido todos a casa*.

—¡No, no! —susurró Juliet—. ¡Mark y Daniel!

Se dejó caer al suelo con la espalda contra la fría puerta metálica *«tengo miedo»*

«no puedo salir»

«mestoy helando»

Juliet no supo cuánto tiempo transcurrió hasta que pudo pensar de nuevo con coherencia. Tenía que salir, y estaba claro que Mark y Daniel no iban a volver a buscarla. Había dejado caer el teléfono… Muy bien, pues tenía que encontrarlo. Se puso de rodillas y avanzó a gatas, moviendo las manos sobre las baldosas de cerámica que tenía delante, crispada, consciente de que en cualquier momento sus dedos podían rozar a Luke en vez de tocar el teléfono.

Sintió que su mano tropezaba con algo pequeño y duro que trepidó al deslizarse por el suelo. Pero lo sujetó antes de que se alejara demasiado. Luego, a tientas, pulsó la tecla del menú.

La pantalla y el teclado se iluminaron con resplandor verdoso y Juliet dio un suspiro de alivio. Tenía luz. Y tenía un medio para hablar con el mundo exterior.

«soy tu amig y te ncsito»

El aire húmedo y pestilente la oprimía. Juliet no sabía cuánto oxígeno había en aquella cripta de acero, pero podría durar bastante tiempo si mantenía la calma. El tiempo suficiente para que alguien viniera a buscarla. Buscó el menú de mensajes, tecleó con el pulgar las palabras *necesito ayuda* y seleccionó el número de Christine.

El sobre apareció y revoloteó en la pantalla, indicando que el mensaje se estaba enviando. Juliet volvió a dejarse caer junto a la pared, aliviada.

El móvil emitió un pitido y Juliet sonrió en la oscuridad. Luego miró para comprobar qué le había dicho Christine.

No era de Christine y, aunque miró fijamente la pantalla durante un largo rato, para ella las palabras no acababan de tener sentido.

«Error: imposible enviar mensaje».

Cuando por fin lo entendió, supo sin la menor sombra de duda que, justo un año antes, cuando nadie podía recibir sus mensajes desesperados, Luke había llegado a la misma conclusión: como ella ahora, estaba amortajado en un ataúd forrado de acero. Ninguna señal telefónica podría atravesarlo. Su teléfono móvil no tenía la menor posibilidad.

Juliet gritó.

BIBLIOTECA DE MEDIANOCHE

OTROS TÍTULOS PUBLICADOS

Todo quedó en silencio

Sangre en la arena

La Señora de los Gatos